# 月曜日的抹茶咖啡店

青山美智子
あおやま　みちこ

王蘊潔　譯

# CONTENTS

1

(睦月・東京)

# 月曜日的抹茶咖啡店

我合起雙手，祈求吉星高照，鴻運當頭時，到底是在向誰許願？

既然這裡是神社，所以是向神明許願。八成是這樣吧。

但是神明在哪裡？在功德箱後方？還是天上？

還是……

一月已經進入中旬，這是我新年後第一次來神社參拜，所以實質上算是新年參拜。

我在購物中心內的手機店上班，從年底到年初的新年期間，購物中心都照常營業，所以我們過年也沒有放假。雖然公司安排我們輪流短時間上班，但像我這種單身者就會主動排班，盡可能讓已經結婚的同事有機會放幾天長假。

我根本沒時間在家裡幫忙準備年菜，雖然我媽埋怨：「美保，妳都已經二十六歲了，也不知道幫忙張羅年菜。」但我目前正值努力工作賺錢的壯年，所以只能請我媽諒解。我從小就很喜歡電子類產品，所以完全不討厭目前整天和手機打交道的工作。

因為一月的排班表和平時不一樣，今天明明是放假的日子，我竟然看錯了，以為要上早班，特地早早出了門，簡直令人欲哭無淚。

唉唉唉，明明是可以睡到自然醒的日子，而且昨晚還熬夜，很晚才上床睡覺。

既然已經出了門，我不想就這樣打道回府，於是在購物中心內轉了一圈，但是運氣差的日子，無論做什麼事都不順。我走進服裝店，想買之前就看中的羽絨衣，沒想到竟然已經賣到缺貨了。我打起精神走進速食店，又不小心打翻了薯條附的番茄醬，弄髒了針織衫的袖子。走去廁所洗手台洗掉番茄醬，想要擦乾時，才發現自己忘了帶手帕。

今天真是諸事不順。我本來就不算是運氣好的人，今天根本是衰神上身。也許是因為我新年還沒有去神社參拜的關係，雖然購物中心離神社有一小段距離，但我也想順便去改運一下。

於是就決定來神社參拜，在參拜時，突然想到了大理石咖啡店。

神社附近的河邊有一條路，沿著那條路直走，在整排櫻花樹尾端的地方，有一家小咖啡店。那家咖啡店很舒服，年輕的店長是清新開朗的陽光男，店內的裝潢和咖啡杯都很有品味，咖啡和紅茶當然也很好喝。雖然我只有在上早班的時候偶爾會去坐一下，但那裡是我心儀的私房咖啡店。沒錯，運氣不好的日子就要去自己的愛店，讓心情好起來。

我走在路上，看著那一整排沒有花，也沒有樹葉，只有枯枝伸展的櫻花樹。

吐出的氣悶在把嘴巴都包起來的紅色格子圍巾中，大衣口袋裡的手都快凍僵了。

大理石咖啡店的遮陽篷出現在樹木後方，真想趕快走進店裡暖和一下身體。想到這裡，我猛然停下了腳步。

今天是星期一。我想起來了，星期一是大理石咖啡店公休的日子。

果然不走運。如果我早一點想起這件事，就不會走到這裡了。都快走到咖啡店了，才終於想起這件事。

我重重地嘆了一口氣，正打算轉身離開時，發現咖啡店的門打開了。

我瞪大了眼睛，看到一個極短髮的女人從咖啡店走了出來，迎面向我走來。她的年紀比我稍微大幾歲，染成棕灰色的頭髮很有光澤。

「請問……」

當她和我擦身而過時，我鼓起勇氣開了口。女人那雙細長的眼睛看著我。

「請問大理石咖啡店今天不是公休嗎？」

「喔喔，」女人聽了我的問題，笑了笑說：「雖然是公休日，但今天有營業，妳可以進去看看。」

她的菸嗓聽起來很舒服。哇，好性感。我正在這麼想，她已經大步離去了。

我聽從她的建議走到咖啡店前，從窗外悄悄向內張望。吧檯和餐桌旁都有幾個人影。

我伸手準備握住門把時，目光停留在門上。原本寫了大理石咖啡店的牌子上，「大理石」三個字被貼上了白色紙膠帶，上面用黑色麥克筆改成了「抹茶」兩個字。抹茶咖啡店。

抹茶咖啡店？這是在搞笑嗎？

如果是重新裝潢，這塊牌子也未免太粗糙了。我歪著頭納悶，門打開了，一個矮小的大叔探出頭。

「請進。」

看到他額頭上那個很明顯的痣，我想起以前曾經在大理石咖啡店見過他一次。我記得那個陽光男店長用「Master[1]」叫他，應該是「店主」的意思，但是他只是坐在吧檯前看體育報，根本沒有做事，所以可能只是綽號。

痣大叔……Master 對我說：

「只有今天是抹茶咖啡店，如果妳不討厭抹茶，歡迎進來坐坐。」

我超愛抹茶。抹茶拿鐵、抹茶布丁、抹茶冰淇淋。我喜出望外地走進店內。

店內除了Master以外，後方的餐桌旁坐了一對男女，還有一個身穿藏青色和服的男人站在吧檯內。我在吧檯前的餐桌旁坐了下來，脫下大衣。

總算又活過來了，無論身體、舌頭和眼睛，都渴望著熱騰騰的奶綠色甘甜抹茶拿鐵。

「歡迎光臨。」

身穿和服的男人把裝了水的杯子放在餐桌上，遞上了菜單。厚紙墊著的和紙上，用毛筆寫了以下的內容。

濃茶　一二〇〇圓

淡茶　七〇〇圓

兩者均附和菓子

1.【編註】本書登場人物的譯名，與作者系列作《木曜日適合來杯可可亞》作了統一。

我有點不知所措。

原來不是賣抹茶拿鐵或是抹茶布丁之類的輕食，而是很正式的抹茶店。

「……呃，請問只有這兩種嗎？」

「是的。」

和服男人明明是來為我點餐，卻面無表情地看向其他方向。他的下巴很尖，鼻梁堅挺，可能比我大五歲左右。他似乎很習慣穿和服，看起來像是帶著一絲傲氣的小老闆。

小老闆把頭轉到一旁，等待我的回答。我低頭看著菜單。雖然沒有布丁，但和菓子也不錯。我不太瞭解濃茶和淡茶有什麼差別，但絕對是價格高的比較好喝。我剛去神社參拜，那就新年新氣象，大手筆一下，祈願這一年事事順利行大運。這是為自己加油。

「那我要濃茶。」

我在說話的同時抬起頭，剛好和他四目相對。小老闆立刻把頭轉到一旁，然後小聲確認說：「濃茶嗎？」說完就匆匆走進吧檯內。

不需要這麼不甘不願吧。小老闆冷淡的態度實在太明顯，我有點受傷，心情忍不住沮喪起來。我是不是不該來這裡？我環顧店內打量著。

Master 在吧檯前看體育報，和上次看到他的時候一樣。

那對男女靜靜地小聲聊著天，剛才遠遠打量時，以為他們很年輕，但仔細觀察後，發現他們的年紀差不多三十五、六歲，而且兩個人的左手無名指都戴著簡約設計的戒指。可能是夫妻。

這種相互信賴的穩定關係真不錯。我以後也會遇見某個人，墜入情網，像他們那樣……

我神怡心醉地看著那對儼然就是幸福代言人的夫妻，坐在吧檯前的Master 轉身對我說：

「妳的圍巾掉了。」

「啊。」我低頭一看，原本蓋在腿上的圍巾無力地癱在地上。我撿起圍巾，Master 又問我：

「妳經常來我的這家店嗎？」

既然他說「我的這家店」，代表他真的是這家店的老闆。

「我只是偶爾會來，我忘了今天是公休日，跑來一看，沒想到你們還有這種一日限定的抹茶咖啡店。」

「嗯，有時候會在公休日或是咖啡店打烊後辦一些活動。」

我完全不知道這件事。大理石咖啡店是一家很出色的咖啡店，但從來不打廣告，也沒有經營社群網站。

「沒有在官網或是推特上公告嗎？既然不時有活動，不是更應該宣傳一下，可以吸引更多客人上門。」

Master揚起單側嘴角，用鼻子發出了「嗯嗯」的聲音。

「妳不覺得因為某種因緣際會，或者原本不知道有這樣的活動，但還是不知不覺來到店裡，剛好發現有在辦活動，這樣不是更好玩嗎？就好像妳這樣。」

「你的意思是靠緣分嗎？」我問。

「沒錯，就是緣分。」Master 豎起了食指，「無論是人還是物，只要曾經相遇，就代表有緣分。緣分就像是種子，即使再小、再不起眼的種子，只要好好培育，就可以開出鮮豔的鮮花，或是結出美味的果實，看到種子的時候，完全難以想像最後會有這樣的結果。」

我想起來那件想買卻沒有買到的羽絨衣反駁說：

「但是有時候好不容易相遇，卻是僅此一次的緣分，還來不及培育，就已經結束了。」

「這並不是沒有緣分，而是就相遇一次的緣分，就像在吃葵花籽。吃下去的葵花籽會成為身體的一部分，吃過葵花籽的經驗或許也會以某種方式影響日後的人生。」

葵花籽。我從來沒吃過，所以忍不住有點納悶，Master 笑了起來。

「只不過今天的活動並不是為了賺錢，有一大半是為了好玩，所以有多少客人上門都無所謂。歡迎妳來到月曜日的抹茶咖啡店。」

真的是為了好玩嗎？

「嗯。」我忍不住發出沉吟，小老闆端著黑漆漆的托盤走了過來。

「讓您久等了，這是濃茶，搭配的和菓子是寒牡丹。」

他說話帶有關西腔，我立刻猜到他是關西人。

寒牡丹是經過搓皮塑形的漂亮淡紅色練切和菓子，黃色的雄蕊從摺邊的花瓣中央微微探出頭。

「真不錯啊，不畏嚴寒，傲雪凌霜，含苞待放的感覺太棒了。」

Master說著，轉身面對吧檯，繼續看報紙。

那對夫妻站了起來，小老闆走向收銀台。那位太太看向陳列在收銀台旁的茶包，順手買了一包。他們離開後，店內只剩下三個人，我欣賞著楚楚可憐的花卉造型和菓子。

和菓子旁是濃茶。茶如其名，是很深的綠色。我雙手捧起茶碗，發現濃稠的質感好像油漆。我第一次看到這種抹茶。

不知道到底有多好喝。我喝了一口，立刻把茶碗從嘴唇旁移開。

噗呃。我忍不住發出可怕的聲音。雖然並沒有很大聲，但在沒有其他客人的店內聽起來格外響亮。

味道太強烈了。並不是苦味或是澀味，而是不知道該如何形容的陌生濃烈嗆味。Master 笑著對我說：「要先吃一口和菓子啊。」我慌忙用切和菓子專用的叉子切下半個寒牡丹放進嘴裡。雖然我想吃得更優雅，但現在顧不得那麼多了。

吃了寒牡丹，帶著滿嘴的甜味後再次挑戰。這次似乎比剛才能夠忍受，我很希望能夠理解這種深奧的味道，但還是太難了。這根本是折磨吧。我忍不住翻著白眼，但想到這杯濃茶花了我一千兩百圓，不喝完有點不甘心。

我咕嚕咕嚕喝著杯子裡的水，吧檯內傳來了手機的來電鈴聲。小老闆慌忙拿起了手機。

「咦？嗯嗯？」

小老闆手忙腳亂地一下子用手指戳著手機螢幕，一下子又移開，我忍不住對他說：

「只要向上滑就好了。」

「怎麼滑？」

小老闆露出求助的表情看著我。

「把手指放在螢幕上，然後輕輕向上滑動就好。」

小老闆終於在來電鈴聲結束之前接起了電話，鬆了一口氣，開始和對方聊了起來。「嗯，嗯，不，我沒有打電話給你。」

這是初次用智慧型手機的人經常會發生的狀況。電話鈴聲響起時，不知道該怎麼接起電話，或是不小心按到了某個鍵，撥打電話給別人。

我把只剩下最後一小塊的寒牡丹放進嘴裡，咬牙喝完了濃茶。

明明是為了犒賞自己點了比較貴的茶，竟然又踩到雷，今天到底要衰到什麼程度？

小老闆掛上電話後，Master 問他：

「你爸爸打來的嗎？」

「是啊，好像是手機自動撥電話給他，所以他就回電話給我。」

小老闆不滿地指著手機說。

「兩個星期前，終於換了智慧型手機，但實在太難用了，越用越火大。整天要更新什麼程式，簡直煩死了。有時候設定自動更新後，修改了應用程式的狀態，反而沒辦法用了。虧我還買了最近才上市的最新款。」

我忍無可忍地說：

「智慧型手機從頭到尾就是未完成品。」

小老闆和 Master 都同時轉頭看著我。

「我在手機行工作，每天都深刻體會到這件事。手機界隨時都在變動，有時候會出現新的病毒，有時候通訊狀況不穩定，或是大家對手機的需求改變。為了適應持續變化的環境，手機也需要隨時進行一些小幅度的變動。」

「這樣啊。」Master 點了點頭，我也越說越來勁。

「很遺憾的是，有時候應用程式的確會因為更新反而產生問題，但從長遠的眼光來看，手機本身就是在經歷一次又一次這樣的失敗後逐漸改良，即使不必換新機，也可以挑戰新的功能，可以發揮更多作用，我認為這是一件很棒的事，簡直就像是具有生命，我覺得手機都很可愛。」

說到這裡，我用手捂住了嘴。

我太多話了。每次說到手機，我就會滔滔不絕。這是我的壞習慣。

小老闆突然垂下雙眼，靜靜地問我：

「……請問妳要試一下薄的嗎？」

「薄的？」

「就是薄茶，也就是大家所熟悉的那種泡沫綿密的抹茶，應該比較容易入口。我請妳喝，謝謝妳教我怎麼接電話。」

Master 看著我，一派輕鬆地說：

「妳可以請他在妳面前點茶。」

「可以嗎？我很想見識一下。」

我探出身體問，小老闆微微點了點頭。Master 收起報紙笑了起來。

「真不錯啊，俗話說『氣氛越佳，運氣就越好』，妳有沒有聽過這句話？」

「這是誰的格言嗎？」

「我的。」

Master說完這句話，拿著報紙，走向收銀台旁的雜誌架。真是難以捉摸的人。

不一會兒，小老闆拿著托盤和熱水瓶走過來，站在我的餐桌對面後，放在自己面前。托盤上放著茶碗、竹製的茶筅和茶杓，還有茶篩。

小老闆似乎已經預先溫熱了空茶碗，茶筅前端也已經濕了。

「那就開始了。」

小老闆先用像掏耳棒大小的茶杓，加了一杓半的抹茶粉在茶篩中，用茶杓背仔細壓碎結塊的部分，然後緩緩把熱水注入茶碗內的抹茶粉上，把茶筅放進茶碗中。

「攪拌時要按照前、後、前的方式，像在寫M一樣。」

「M？你是說英文字母的M嗎？」

「對。」

小老闆聽了我的問題很驚訝，我向他提出了疑問：

「以前還不知道英文字母的時候，要怎麼說明？像是千利休他們，要怎麼說明？」

小老闆噗哧一聲笑了出來。

「是怎麼說的呢？我從來沒想過這個問題。」

……咦？

原來他會露出這麼可愛的表情，他可以多展露笑容。

我有一種陶醉甜蜜的感覺，內心深處的冰塊好像瞬間融化了。哇，這種心情是怎麼回事？

小老闆用茶筅時前時後地俐落攪拌後，然後輕撫表面，似乎要擠掉大泡沫，然後又把茶筅深深插入茶碗。

「最後要像寫の這個字一樣緩緩攪拌。」

他在茶碗的中心直直拿起茶筅，喜孜孜地說：

「千利休可能也說了『の』。」

他終於看了我的眼睛。這次輪到我不敢直視他，轉動眼珠子，移開了視線。

小老闆走回吧檯內，拿了裝了和菓子的小碟子走過來，放在托盤上說：「這是雪兔。」那是看起來像在雪山上蹦跳的兔子般可愛的白色麻糬和菓子。

我細細品嘗了雪兔後，喝著薄茶。太好喝了。和菓子高雅的甜味，和撲鼻的抹茶香氣融合在一起。果然按照正確的先後順序，才能夠充分襯托彼此的味道。

我的心情終於放鬆下來，忍不住嘆了一口氣。

「能夠享受到這種特別的服務，真是太高興了。我這個人運氣很差，總是衰事連連。今天也搞錯了班表，結果跑去上班，想買的羽絨衣賣完了，打翻了番茄醬，簡直衰到家了。」

一直靜靜聽我說話的小老闆微微歪著頭說：

「這不是運氣差，而是……」
「啊？」
「而是妳太粗枝大葉吧。」
他的表情很嚴肅。我才覺得和他稍微親近了些，結果就好像被他用針刺了一下。他果然討厭我嗎？沒想到小老闆繼續說了下去。
「妳的運氣一點都不差，妳從事能夠讓妳喜歡得一聊起來就說不停的工作，不就是很幸運的事嗎？我相信那些手機被妳愛得這麼深，也都很幸福。」
……手機很幸福？
我從來沒有這麼想過。手機竟然可以感受到我的熱情，並為此感到高興，我覺得能夠這樣客觀地受到認可，自己的努力都有了回報。
原來如此，我只是太粗枝大葉了。沒錯，我並不是運氣差。我忍不住笑了起來，淚水也跟著撲簌簌地流了下來。因為我很高興，太高興了。
我把手伸進皮包摸索，想拿手帕擦臉頰。啊，我今天忘了帶手帕。

這時，我看到有什麼遞到我面前。原來是摺得整整齊齊的藏青色布巾。小老闆板著臉，把頭轉到一旁。仔細一看，發現他耳朵都紅了。

「……謝、謝謝你。」

我接過手帕，小老闆對Master說：「我去倒垃圾。」然後就走了出去。

我發現布巾的角落用白線繡了一個「吉」字。這是什麼？是開運商品嗎？

「啊，原來他有在用。這是我送他的。」

Master說。他看完了報紙，正在翻雜誌。

「上面繡了他的名字。吉平的吉，是不是很吉利？他是名叫福居堂的茶葉批發行獨生子。福居就是福的居處，福居吉平這個名字簡直就像是會走路的福星。」

原來他叫吉平。

幸好我忘了帶手帕。我腦中閃過這個念頭後，忍不住思考起來。

如果我買到了那件體積很大的羽絨衣，或許就直接回家了。如果我沒有搞錯今天不用上班，就不會來這裡。反而是粗枝大葉的自己帶我來到了抹茶咖啡店。我該不會運氣超好？

只要來這裡，下次還會見到他嗎？

我問 Master：

「請問下次什麼時候還有抹茶咖啡店？」

「嗯，是今日限定啊。福居堂在京都，吉平今天要代替他爸爸參加聚會，第一次來東京，明天就要回去了。」

……原來是這樣。所以僅此一次，下次再也見不到他了嗎？

看吧，我就知道自己運氣很差。

我差一點這麼想，立刻打消了這個念頭。

如果想再見到他，只要採取行動就好。我既然能夠來到這裡，一定已經得到了緣分的種子，我只要努力培育就好。

我假裝托著腮，悄悄在下巴的位置合起雙手。

希望可以再見到吉平。希望可以有好事發生。我把意念傳向用力合起的雙手，傳向自己的體溫。

我知道了，許願就是向自己合起的掌心之間許願。

「不過啊，」Master 翻了一頁雜誌說，「福居堂要在東京開分店，他會在東京分店當店長，今年春天，他會一個人搬來這裡。」

我對著自己合起的掌心許的願冒出了嫩芽。我用力握住自己的手。沒問題的。我這個人超幸運。

2

(如月・東京)

# 我會寫信給妳

我和理沙發生了爭執，讓她傷心了。

這種說法可能有點失真，她並沒有哭，所以或許該說惹她生氣了。而且我們也沒有爭執，而是理沙一個人暴跳如雷。

我結婚第二年的妻子來到河邊散步道中央時，從皮包裡拿出面紙，用力擤了鼻涕。

這種時候，身為丈夫的我該做什麼？如果我笑笑試圖緩和氣氛，她就會罵我：「你還笑得出來？」如果我默不作聲，她就會要求我：「你倒是說話啊！」

我是否該向她道歉說對不起？即使完全搞不清楚自己到底做錯了什麼，也要道歉嗎？

「博之，說到底，就是你對我根本沒興趣。」

理沙紅著雙眼說道，然後用力咬著嘴唇。

——這是昨天下午發生的事。

目前是傍晚時分，我走在河畔這條路上。今天只有我一個人。我提早結束了工作，匆匆趕來這裡。

昨天是風和日麗的星期天，正午過後，我和理沙在不時造訪的大理石咖啡店喝完咖啡，眺望著河面，在河畔的櫻花樹下散步。

理沙從單身時代就很愛這家大理石咖啡店，昨天是立春前一天的節分，咖啡店的節日特別活動請大家喝了福茶。那家店似乎不時會舉辦各種活動，上個月舉辦了只限定一天的「抹茶咖啡店」。那天是星期一，平時我都要上班，因為之前假日加班，所以我在那天請了補休。和理沙一起逛街回家的路上，路過那家店時，看到店門口掛著「抹茶咖啡店」這個別出心裁的牌子，於是我們就走了進去。品嘗了抹茶和美味的和菓子，理沙感到心滿意足。

只要理沙高興，我當然也就很高興，所以無論她提出任何提議，我都不會拒絕，而且也自認很珍惜和她相處的時間，完全搞不懂她到底有什麼不滿。

昨天在散步時，我們聊到了情人節的事。理沙每次都會親自做巧克力送我，她問我今年想吃布朗尼還是松露巧克力，我回答說：「都可以。」結果她就陷入了沉默。我看著河面繼續散步，心想這種時候，是不是該明確挑選其中一項？這時，理沙好像在自我激勵般露出僵硬的笑容說：

「博之，以前我們在交往的時候，你曾經在白色情人節寫信給我，看到你在信上寫『我愛妳』，我真的超開心。」

我聽了這句話，忍不住用力搖手說：

「什麼？寫信？我沒有寫信給妳啊，而且我怎麼可能寫『我愛妳』這種話？」

我從來沒有說過「我愛妳」這三個字。我想、我應該不會記錯。不是只有理沙而已，至今為止，我從來沒有對任何曾經交往的女人說過這句話。

理沙停下了腳步。

「明明就有啊，你還送我餅乾。」

我也停下了腳步。

「餅乾？我有送過妳餅乾嗎？」

理沙的眉頭皺得越來越深。

「……你好過分，不管是什麼事，一轉身就忘記了。」

她咬牙切齒地小聲嘀咕著，然後用力搖著頭，眼淚在她眼眶中打轉。

我們兩個人站在原地，正在慢跑的大叔跑了過去，三名女高中生有說有笑地迎面走來，不時瞥向我們。一隻烏鴉站在櫻花樹枝上發出了呱的叫聲。

然後就是開頭的那一幕。理沙用面紙擤鼻涕後，說了那句話。

博之，說到底，就是你對我根本沒興趣。

說完這句話，她邁開了步伐。我也默默跟在她身後，回家的路上，兩個人都不發一語。回到家後，理沙把自己關在西式房間內。那個房間內放著桌上型電腦、書架，還有囤積的米和衛生紙，算是多功能雜物間。

即使吵得不可開交，也都會回同一個家，所以這種時候就很不方便。

如果不住在同一個屋簷下，稍微隔一段時間，兩個人都會冷靜下來。我完全不知道理沙在關起的房門內想什麼，只能在客廳無所事事地看電視。

然後就是今天。我正前往大理石咖啡店。

大理石咖啡店的收銀台旁陳列了茶包禮物包，上個月舉辦「抹茶咖啡店」時，理沙在那裡買了宇治抹茶，在家裡喝的時候，說了好幾次「好好喝」、「太好喝了」，只不過漂亮的牛皮紙包裝袋內只有兩個茶包，這麼一算，就覺得其實價格很貴。但那是高品質的茶，價格當然不可能便宜。理沙昨天也瞥了陳列架一眼，但並沒有買，她一定不好意思為自己買這麼貴的茶。

我決定去大理石咖啡店買宇治抹茶的茶包送給她。

這並不是因為我是暖男丈夫，當然也不是為了討好理沙，希望她原諒我。

我只是想用行動反駁她說我「不管是什麼事，一轉身就忘記了」這句話。

我可不是任何事都會馬上忘記。陳列架上有超過五種類以上的茶包禮包，有紅茶、焙茶。上個月，理沙從這些茶包禮包中挑選了宇治抹茶，喝了之後說很好喝，而且看起來很想再喝的樣子……怎麼樣？我不是都記得嗎？我希望她瞭解這一點。

沒想到大理石咖啡店的門上掛著「CLOSE」的牌子。

一看手錶，還不到六點。我記得大理石咖啡店七點才打烊，原本以為可以在打烊前趕到，所以才一路趕過來，莫非今天提早打烊了？

今天明明是立春，卻寒冷徹骨，原本打算買完茶包，可以順便在大理石咖啡店喝一杯熱飲。我垂頭喪氣，失望不已，轉身離開了。

橋對面亮著燈光，那裡似乎有一家店。可能是另一家咖啡店。因為沒買到茶包，所以覺得更冷了，身體也更疲累了。我想找個地方歇歇腳，不管是什麼店都好。我帶著期待，走過那座橋。

沒想到來到那家店前，我再次大失所望。

那並不是餐廳，而是一家內衣專賣店。櫥窗內展示了雅緻的胸罩和內褲，隔著大玻璃門，可以看到一名像是店員的女子。如果是雜貨店或是服裝店，還可以走進去逛逛取暖，但總不可能走進專賣女性內衣褲的店。

正當我打算掉頭離開時，隔著玻璃門和店員四目相對。店員竟然慌忙從店裡衝了出來。

「不、不好意思！」

「啊？」

「呃，不好意思，蜘蛛……有一隻蜘蛛。」

「蜘蛛？」

「我怕蜘蛛，真的完全不行。不好意思，你可以幫我把蜘蛛趕出去嗎？」

這個一頭鬈髮的漂亮女人臉色大變，似乎很緊張。我雖然也不喜歡昆蟲，但無法拒絕她的要求。到底是怎樣的蜘蛛讓她嚇得花容失色？我想像著類似狼蜘那種大肚子的蜘蛛，膽戰心驚地走進店內。

「就在那裡。」她伸出的食指指向一隻身體和腳都又平又細的蜘蛛，正爬向牆壁角落。那是家中很常見的幽靈蜘蛛，看起來就很弱不禁風，蜘蛛本人也有點不知所措地緩慢移動著。雖然看起來就很弱，但因為蜘蛛腳很長，所以整體看起來相當大，對討厭蜘蛛的人來說，可能真的很噁心。

「因為我沒有網子，可以請你用這個抓嗎？」

店員伸出顫抖的手，把塑膠袋塞到我手上。我打開袋口，然後輕輕抓起蜘蛛，把牠裝進了塑膠袋。我不忍心殺牠，所以小心翼翼，很擔心一不小心，就捏死了瘦弱的蜘蛛。

我拿著塑膠袋走出店外，把蜘蛛放在樹根下。蜘蛛跌跌撞撞地在地上爬了幾步，然後蹲在那裡不動。

「……太、太好了……太感謝你了。」

店員按著胸口，似乎鬆了一口氣。我也很慶幸自己幫上了忙，說著「不客氣、不客氣」，正準備離去時，店員叫住了我。

「請問可不可以讓我請你喝杯熱茶道謝？」

「啊？不，這太麻煩了。」

「我的店六點打烊，現在已經是打烊時間。如果你不趕時間，務必讓我有機會道謝，我請你喝杯熱茶。」

我的身體已經冷到骨子裡，而且口也很渴。我被店員的笑容吸引，走進了店內。

這家內衣專賣店名叫「P-bird」。

「我叫尋子（Hiroko）。」

店員把「CLOSE」的牌子掛在門外，從內側鎖門時對我說：「讀幼稚園的時候，在尋子的名字旁寫了片假名ヒロコ，結果中間的ロ寫得太小，別人以為我叫ピコ（Piko）。那次之後，大家就開始叫我P子或是小P，就連我媽也說這個名字很可愛，好像小鳥，也開始叫我P，所以我為這家店取了P-bird這個名字。」

店員……尋子小姐看起來和我的年紀相仿，應該還不到四十歲。

「請坐這裡。」

她向我招手，請我坐在收銀台內。後方很寬敞，有一張小桌子和兩張圓椅，還有一個小小的冰箱。

「妳還記得幼稚園這麼久之前的事嗎？」

我問，尋子小姐縮起肩膀笑了起來。

「不，我只是聽說而已。」

尋子小姐沒有繼續說下去，把礦泉水倒進冰箱上的快煮熱水壺，然後按下了開關，才轉頭看著我說：

「是我媽告訴我的，我完全不記得。我總覺得比起記憶這種不可靠的東西，別人一直用這個名字叫我這件事，更能夠證明的確有過這件事。」

雖然沒有記憶，卻有確鑿證據證明的事……我突然很想和她聊聊，情不自禁地說：

「……是啊，妳說得有道理，但我和我太太的記憶有時候並不一致，即使我太太說曾經這樣或是那樣，我卻完全沒有記憶，很懷疑是不是真的曾經發生那些事。」

說到這裡，我突然很想為自己辯解。因為我很擔心尋子小姐覺得我是一個會說太太壞話，腦筋不靈光的渣男。

「但是我努力創造美好的回憶，而且自認很重視各種節日。」

尋子小姐露出了柔和的笑容。

「我想你太太和你在一起，應該不是為了創造回憶。」

我驚訝地抬起頭，她慢悠悠地繼續說道：

「回憶或許就像讓流逝的時間停留的圖釘，但是每個人想要停留的地點各不相同，所以圖釘的位置就會產生落差。」

突然聽到一聲嗶的尖銳聲音。水燒開了。

尋子從收銀台角落拿了一個像面紙盒般大小的白色木箱，遞到我面前說：

「有各種不同的茶，請問你要喝哪一種？」

我差一點發出驚叫聲。因為木箱裡是大理石咖啡店收銀台旁陳列的所有種類茶包禮包。

「受了橋對面的咖啡店委託，我們店裡也放了他們家的茶包，那家咖啡店名叫大理石咖啡店，是很棒的一家店。」

我太驚訝了，結結巴巴地向她說明：

「其實我今天就是要去大理石咖啡店，可惜今天沒開。」

「原來是這樣啊，那家咖啡店星期一公休。」

「啊？但是上次星期一有開啊，舉辦了抹茶咖啡店的活動。」

「那家店會在公休日舉辦活動，不是店長阿航，而是Master舉辦的。」

原來是這樣，所以今天並不是提早打烊，而是剛好遇到公休的日子。不……但是，這樣或許反而比較好。幸虧大理石咖啡店公休，我才有機會和尋子小姐聊得這麼愉快。

我向尋子小姐說明了情況，向她買了一包宇治抹茶，然後喝了一杯她盛情款待的焙茶後才離開。

回到家時，看到西式房間的門虛掩著，房間內亮著燈，我探頭向內張望，發現理沙坐在地上，她周圍是滿滿的書，幾乎看不到地板了。

「妳在幹嘛？」

我問理沙，她一臉怔怔地說：「喔，你回來了。」

「我回來了……我跟妳說，我今天原本打算去大理石咖啡店。」

理沙慢吞吞站了起來。

「大理石咖啡店？今天是星期一，不是公休日嗎？」

「啊？……喔，嗯？」

「上次抹茶咖啡店活動的時候，我不是告訴過你這件事嗎？而且Master也在旁邊，我們三個人一起聊這件事。」

有這回事？

我果然不管是什麼事，一轉身就忘記了。我對自己感到無奈，正打算從皮包裡拿出茶包，理沙幽幽地說：

「找不到……」

「啊？」

「我找不到那封信。」

理沙突然好像情緒失控般哭了起來。

「真的有，之前真的有。因為收到你的信，我很高興，覺得要珍藏起來，所以就夾在書裡，我真的沒騙你。」

她好像用手掌掬起眼淚般擦著淚水，繼續說了下去。

「但我忘了夾在哪一本書裡，我記得夾在詩集裡，但詩集裡沒有，我最喜歡的小說裡也沒有，搞不好在去年賣給二手書店的那些書裡。」

看到理沙像小孩子般嚎啕大哭，我忍不住笑了起來。

理沙，人的記憶本來就是這麼模糊。

我們會忘記，即使自認為想忘也忘不了的事，結果把圖釘釘在離想要釘的地方很遠的位置，釘在了完全錯誤的地方。

也許我們都只記得我們想記住的事。

今年的白色情人節，我會寫信給妳。雖然我還是沒辦法寫「我愛妳」這麼肉麻的字眼，但我會用心寫這封信。

我對妳很有興趣。妳是全世界我最想取悅的人，最想看到妳的笑容，也最想知道妳在想什麼。

即使之後妳又遺失了我寫給妳的信，也完全沒關係。只要幾年後的某月某日，妳仍然在我身旁歡笑——

因為那是我們長相廝守的最佳證明。

3

（彌生・東京）

# 初春的燕子

我的個性活潑好動，但從五歲開始就愛上了針線活。

有一天，我看到媽媽在客廳做針線活。她的身體微微前傾，手上拿了一件白襯衫，然後注視著襯衫上的某一點。八成是爸爸的襯衫。細細的銀針穿過半透明小鈕釦中間的洞，每次穿針引線，富有光澤的白線就會發出沙、沙、沙的爽快聲音。

好酷喔。無論是針和線，還有正在做針線活的媽媽都太酷了。媽媽縫鈕釦的樣子令我興奮不已，我探頭看了針線盒，看起來就像圓圓的針插上長出了好幾根銀針。

有紅頭、藍頭的待針，也有長短不一的手縫針。我從針插上拿了一根比較短的手縫針，目不轉睛地打量著。只要把線穿過頭部的針孔，就可以沙、沙沙……

我用指尖摸著針尖，忍不住輕輕叫了聲：「好痛喔。」媽媽慢悠悠地說：

「是不是很痛？」

然後，媽媽把襯衫放在一旁，手把手地從把線穿進針孔開始教我，用碎布完成了一個四方形的杯墊。

如果媽媽覺得針很危險，不許還沒有上小學的我碰針線，我現在應該不會在內衣專賣店製作和販售手工內衣褲。體會被針刺痛的感覺，其實等於同時學會了避免再被針刺痛的方法。

雖然那次我只是用平針完成了那個杯墊，但媽媽讚不絕口，我感到得意的同時，突然發現一件事。

我的襯衫袖口也有一排和杯墊上很像的縫線。我大吃一驚，拿起自己的每一件衣服確認，領子周圍、口袋、裙襬……所有的地方都有縫線。

當時還年幼的我可能隱約覺得衣服一開始就是成衣的樣子，但其實並非如此，而是可以自己裁布、縫線，完成一件衣服！

這件事成為我之後踏進多采多姿的服裝世界的起點。

從短大的服飾系畢業，曾進入服裝品牌擔任設計師，之後就在河邊的這棟住商大樓內開店，至今已經四年。

店內的內衣、內褲、細肩帶背心、襯裙，全都是獨一無二、手工製作的限量商品。

起初租了位在地下樓層的店面經營，兩年前，一樓的雜貨店結束經營，店面招租時，我就把店搬到了一樓。由於房租金額大幅增加，的確是很有勇氣的決定，但我認為當初做了正確的決定。搬到一樓後，可以讓更多人看到這家店，而且也更容易走進店內逛逛，增加了很多生意上門的機會。

由於有越來越多客人把光顧這家店的照片傳到社群網站上，某家電視台的資訊節目介紹了本店和店內的商品。那次之後，多家雜誌和報紙紛紛上門採訪，除了介紹商品以外，還採訪了我本人。看了電視節目和媒體報導上門的客人越來越多，除了購買店內陳列的商品以外，要求量身訂做的回頭客越來越多，營業額轉眼之間就翻了兩、三倍，我也順利繳完了銀行的貸款。

要讓客人知道「有」這家店的存在。

我深刻體會到，這件事有多麼重要。因為無論再怎麼努力製作優質商品，如果根本沒有人知道，這家店就等於不存在，等於「沒有」。這家店有一個很大的櫥窗，我認為這是讓店內商品受到關注的最大原因。巧妙的櫥窗布置，是從各種不同角度宣傳商品的絕佳舞台。我布置的櫥窗所受到的好評程度出乎我的意料，無論是客人上傳到社群網站的照片，或是媒體採訪時，幾乎都會拍攝櫥窗。

季節、節慶活動、流行趨勢。我盡可能頻繁地在這個空間內創造不同的故事。因為我一個人經營這家店，校長兼撞鐘，老闆兼員工，我可以心血來潮、隨心所欲做任何事。

陳列在櫥窗內商品的首要目的是「吸睛」，吸引客人走進這家店，所以我在設計內衣時，也經常會思考陳列在櫥窗時是否夠亮眼，是否具有博眼球的魅力。

繼續努力。我激勵自己必須更加努力。這是一家沒有後台的私人小店，不能因為小有名氣就高枕無憂。為了避免客人覺得我玩不出新花樣而失去興趣，要持續推出嶄新的商品，也要盡最大的努力做宣傳。

時序進入三月的前三天期間，我將櫥窗布置出「桃花節」的氣氛，以粉紅色為中心，再搭配草綠色作為點綴，整個櫥窗都洋溢著輕柔的春天氣氛。

今天我收起了這些商品，準備重新布置櫥窗。在令人聯想到教室黑板的深綠色板上，用白色粉筆寫上了「graduation」。

這次以「畢業」作為主題，從原來的自己向前邁進一步。

那名年輕女子戰戰兢兢地走進店內，身上背著黑色吉他盒。

雖然她很苗條瘦小，但背著這個看起來很重的皮革吉他盒，似乎完全沒有成為她的負擔。

我剛才在收銀台為客人結帳時，就發現她一直站在櫥窗前打量陳列的商品。今天風很大，風不時用力吹起她一頭長髮。她用力抿緊嘴唇，似乎在反抗，又似乎在忍耐。看到老主顧走出去後，她輕輕推開了門。我對她看了櫥窗後走進店內感到竊喜。
「歡迎光臨。」
我滿面笑容迎接她，她指著櫥窗說：
「請問……那條燕子的絲巾多少錢？」
「啊！」我輕輕叫了一聲，「不好意思，那是非賣品。」
隨著春天的來臨，燕子離開了熟悉的鳥巢，展翅飛向遠方。黑白雙色的身體也令人聯想到制服，我認為很適合畢業氣氛，所以把印了好幾隻燕子起飛的絲巾橫掛在櫥窗內作為裝飾，那條絲巾是我已經用了十年的私人物品。
「……這樣啊，原來如此。」
「不好意思。」
我再度向她道歉，她貼心地搖了搖手說：
「別這麼說，我之前就一直想走進來看看，但一直猶豫不決，那條絲巾為我創造了契機。」

她說完這句話，轉身開始打量店內的商品。她一頭黑色直髮，背著吉他盒，白襯衫配黑色牛仔褲的打扮，真的很像燕子。

話說回來。

我內心產生了有點複雜的心情。

櫥窗兩側陳列了兩套不同感覺的內衣褲，其中一套是馬卡龍色的浪漫風格，另一套是酒紅色的華麗款，我想藉此編織一個從少女邁向成熟女人的故事。

兩套內衣褲都很華麗，我自己對成品也很滿意，沒想到這個女生是被乳白底色上黑色燕子圖案的裝飾用配件吸引，走進了這家店。

但至少成功吸引了這位客人走進這家店，這也算是一件好事。我調整了自己的心情對她說：

「要不要先把吉他盒放在收銀台內？」

她想了一下，用力點了點頭，我接過吉他盒時問她：

「妳彈吉他嗎？」

「對，自彈自唱。」

「啊喲，原來妳是歌手。」

她靦腆地笑了起來。放下吉他盒後，一派輕鬆地仔細打量店內的所有商品。我坐在收銀台內處理事務工作，然後悄悄打量她，以免造成她的壓力。

「P-bird 這家店……」

她突然轉過頭說，我有點驚訝。P-bird 是這家店的名字。

「我記得之前是在地下樓層吧。」

「咦？咦咦？」

「我在開幕的那一天曾經去過，那天剛好經過，看到新的招牌，感到很好奇。」

我瞪大了眼睛，原來是這樣。

「妳是開幕第一天就曾經造訪的客人？我真是太失禮了，謝謝妳。」

「不，那天我什麼都沒買……一開始的商品沒有現在這麼豐富，布置也更簡單。」

聽到她這麼說，我感到無地自容。這家店在地下樓層開張時，我完全不知道該如何宣傳，才能滿足客人購買慾。店面所在的地點不佳，又不知道該如何吸引客人上門，更沒有充分的創意和技術設計出讓人眼睛為之一亮的商品，所以應該有很多像她一樣的客人，偶爾走進店內轉了一圈之後，從此就不再上門。

沒想到她接下來說的一句話深深打動了我。

「其實那時候我看中了超棒的商品，很想買。那是一套純白色的內衣和內褲，完全沒有任何裝飾，只有內衣右側繡了一根白色的羽毛。」

那件內衣。那套商品。

我說不出話。她繼續說了下去。

「那套內衣褲做工很精細，拿在手上的感覺很舒服，可以感受到製作者多麼體貼穿這套內衣的人的身體和心情，所以我覺得這家店很棒。」

我快哭出來了，我忍著淚水，克制著想哭的心情。她說的那套商品的確曾經在新店開張時陳列在店內。

新店開幕的第一天，快打烊的時候，一名女高中生和她的母親一起走進店內。她們把一件件商品拿在手上打量後又放回貨架，大聲地討論著。

「這件呢？」母親拿起白色的內衣問，女兒立刻皺著眉頭說：「啊？這件也太不起眼了。明明是獨一無二的手工內衣，竟然會做這麼普通的商品。妳看這件內褲，也太離譜了，又不是給幼稚園小朋友穿的。」

母女兩人相視而笑，把商品放回貨架後，走了出去。

店內只剩下我一個人，我拿起被她們嘲笑「太離譜」的純白色內褲，手指微微顫抖。

那是一件使用了百分之百高級純棉布料製作，質地很柔軟的內褲。我花了很多時間研究，努力不讓縫線碰觸到肌膚，避免鬆緊帶勒住腰部，苦思冥想了很久，最後才終於完成。成套的內衣也一樣，在設計時努力思考如何能夠不擠壓乳房，如何才能在無壓力的狀態下托住乳房，所以除了精心挑選略帶珠光的漂亮且牢固的蠶絲線，刺繡了一根羽毛以外，我刻意避免使用任何裝飾。

但是，在客人眼中，這是「太離譜」的商品。也許真的太樸素，無法讓客人願意掏錢購買，因為是在白色布料上用白線刺繡了羽毛，也許那對母女根本沒有發現。

製作商品不能淪為自我滿足，如果賣不出去，就失去了意義。

我把那套內衣褲從貨架上拿了下來，告訴自己要加強技藝。

要在追求舒適感的同時，設計出讓每個客人都眼睛為之一亮的款式。

女客人打量著店內的商品，微微聳了聳肩說：

「這家店搬到一樓後，感覺和以前不太一樣了，所以進來之前有點猶豫。」

我的心被揪緊。原來還有這樣的客人。

我現在到底在追求什麼？是如何將櫥窗布置得更花稍嗎？還是如何

吸引客人？雖然這兩件事對經營這家店很重要，但最重要的是、我最該做的事是……？

我的初衷不是充滿慈愛地用我的雙手製作每一件內衣褲，送到每一位客人手上嗎？

她看到我沉默不語，慌忙對我說：

「啊，不好意思，我在那次之後，就不曾再造訪過，卻自以為是地發表評論。其實我曾經好幾次想起那套內衣，但總覺得……穿全世界獨一無二的內衣犒賞自己未免太奢侈了。」

本店的商品價格並不是很昂貴，雖然必須視不同的商品而定，但大部分商品的價格都很合理。只不過現在連一百圓商店內都可以買到內衣褲，這麼一想，或許正如她所說，買來「犒賞自己」的確有點奢侈。事實上，很多客人都是買了之後當作禮物送給親朋好友，客人願意用本店的商品作為送給重要的人的禮物，我也感到很榮幸。

而且，我認為她所說的「奢侈」並不光是金錢的問題。

但是──

我停頓了一下，緩緩對她說：

「如果妳願意用我製作的內衣犒賞自己奢侈一下，我會感到非常、非常高興。」

內衣褲是直接和身體接觸的貼身衣物，是每個人最親近、最親密的衣物。

正因為不是輕易曝露在外的衣物，所以更希望客人能夠精挑細選，好好珍惜。無論怎樣的日子，舒適親和的內衣褲都會成為女人絕對的盟友，而且我希望客人為能夠穿上這樣的內衣褲感到自豪，因為自己是值得享受這種奢侈的人。

我竟然忘記了。

當年在服裝品牌公司設計洋裝和大衣時，正是因為這個原因，才會覺得內衣很有趣，而且這也是我希望可以藉由自立門戶，用自己雙手推廣這種想法的起點。

我走進堆放庫存的辦公室，從櫃子深處拿出一個紙箱。

那套白色內衣褲就放在那個紙箱內。我用薄棉紙小心翼翼包了起來，也包起了我當初對這套內衣的愛戀。

我拿去店內，她雙眼亮了起來。

「沒錯，就是這套！」

「妳想試穿看看嗎？」我問。

她毫不猶豫地點了點頭，然後很快從試衣室探出頭，微笑著說：「好像可以。」

我戴上白色手套，對她說了聲：「失禮了。」然後看了她穿在身上的感覺，雖然這樣穿也完全沒問題，但把尺寸稍微再收緊一些，罩杯可以更加貼合她的肌膚，穿在身上會更舒服。

「可以請妳給我五分鐘的時間嗎？我想稍微調整一下，讓妳穿起來更合身。」

銀色的針、白色的線。

我用曾經讓五歲的我心動的針線調整這件內衣時，腦海中浮現了千頭萬緒。

剛開這家店時，雖然幹勁十足，卻完全沒有自信，每一個客人的意見都會影響我的經營方針。

搬到一樓，生意漸漸步上軌道後，感覺好像一下子順風順水起來。

但其實並非如此。

我能夠持續開這家店，並不是因為搬到一樓的關係，而是在地下樓層時，就已經有人注意到這家店，有人欣賞我全心投入製作的那些商品，最重要的是，我熱愛製作內衣，所以持續了兩年，累積了經驗，終於能夠搬到曝光度更高的地點。

之前在地下樓層時，我也非常努力。雖然有很多煩惱，但也樂在其中。我的店一開始就「有」了，就存在了。

她第二次走出試衣室後，臉頰泛著淡淡的紅暈說：

「太厲害了，合身的感覺簡直就像沒有穿內衣，太舒服了。」
我從來不曾展示在櫥窗內的這件純白色內衣如同輕柔綠葉，襯托著她婀娜的身體，簡直就像原本就是為她量身訂做的。
而且我相信就是如此。

「……我是不是也該畢業了？」
結帳時，站在收銀台外的她喃喃地說。
「我在自言自語。」我還來不及開口，她就笑了笑，收回了自己說的話。我猜想她正面臨某個轉機。
我收回了原本看向她的視線說：
「畢業並不是邁向下一個階段就結束了，同時也是認同自己至今為止的努力，感謝曾經支持自己的那些人的重要關頭。」
她猛然抬起了頭。
「我也是自言自語。」我對她笑了笑，把已經屬於她的那套內衣包好後交到她手上。

「下一個新的季節隨時都會出現，而且會出現好幾次。」

她背起吉他盒，走出我為她打開的門。

我深深鞠了一躬。謝謝妳遇見了我的內衣，謝謝妳喜歡我的內衣。

不知道她都唱什麼樣的歌？

我站在門前，靜靜地注視著一隻燕子起飛的身影。

一陣強風呼嘯吹來，一定是這個季節特有的順風。

我用力吸了一口氣，挺直了身體。

新的春天已經來臨。無論對妳還是對我，春天都已經來臨了。

# 4

（卯月・東京）

# 從天窗飄落的雨

把肩背包重新背在肩上時，有什麼涼涼的東西滴在手背上。

我停下腳步，驚訝地看著水滴。滴答、滴答。從陰沉的天空飄落的水滴打在我的夾克和牛仔裙上。下雨了。我鬆了一口氣。

太好了，並不是我在流淚。

光都約我在兩國溫浴會館內的這家日式餐廳見面。

餐廳位在三樓，我在門口向內張望，看到光都悠哉地坐在後方餐桌旁。我向服務生點了點頭，直接走向那個餐桌。

光都看到了我，向我舉起左手。她的右手拿著筷子，正在吃天婦羅定食。我在光都對面坐了下來，第一件事就是向她道歉。

「不好意思，我遲到了。」

「沒關係，外面在下雨嗎？」

光都夾起炸蝦沾著沾醬時說。她一頭亞麻色的超短頭髮濕了，想必已經去泡過澡了。她和我同年，今年二十九歲，只是看不太出她的實際年紀。化妝和服裝不同時，有時候看起來很成熟，有時候又看起來比我小很多歲。現在卸了妝的臉看起來年紀很小。

「下了一陣子小雨，但很快就停了。」

我回答說，拿起了插在桌子角落的菜單。

剛邁入四月的今天，雨下了又停，停了又下，很詭異的天氣。前一刻還烏雲密布，下一刻又突然放晴。

「我來點生魚片定食好了。」我說，光都立刻笑了起來。

「佐知，我就猜到妳會點這個，因為妳愛吃魚。等妳去了加拿大，就很難吃到生魚片了。不對，那裡也有日本餐廳吧？」

「……我放棄了。」

「嗯？」

「我放棄了。我不去加拿大了，也不和雄介結婚了。」

光都拿著筷子的手停了下來。我的眼角掃到了她的動作，然後叫著服務生說：「不好意思。」

光都拿起味噌湯的碗，只是簡短地說了一句：「這樣啊。」

我向走過來的服務生點了餐，靠在椅背上坐好後問光都：

「妳已經泡過澡了嗎？」

「嗯，稍微泡了一下，沒什麼人。聽說還有精油按摩和岩盤浴，我想去試試礦泥面膜，只要自己把裝在罐子裡的礦泥抹在身上就好。」

「我們可以幫對方抹。像是後背或是其他自己抹不到的地方，就可以相互塗抹。」

「好主意。」

我們語氣平靜地聊著這些無關痛癢的事。

我原本計畫下個月辭職，把目前租的房子退租，去加拿大和三個月前已經先去那裡的雄介會合。我們已經決定舉辦只有家人參加的小型婚禮，雄介的家人都很溫和，我的父母也都很欣賞雄介，所以為我們感到高興。同事也都很羨慕我可以和在貿易公司上班的老公搬去加拿大生活。

一個星期前，我取消了事先安排好的所有事。

生魚片定食很快就送了上來，我們繼續天南地北，無所不聊。我在小兒科做醫療事務工作，和她分享了在小兒科發生的事，在郵購公司當接線生的光都和我聊了職場八卦。

光都完全沒問我毀婚的來龍去脈，我知道只要我主動說明，她一定願意聽我說，而且從頭到尾都不會打斷我。

她的這種個性總是令我感到安心。她向來不會冒失魯莽地打聽隱私，也不會勉強自己迎合別人。她總是仔細觀察周圍，默默發揮她的貼心。

光都比我們約定的時間提早很久來到這裡，一個人先去泡澡，是因為她這次也順便來這裡找外景。她沒有等我，自顧自先點了天婦羅定食吃了起來，是避免因為電車停駛而晚到的我心裡有壓力。

光都這麼做，是因為她想這麼做，完全沒有「我是為了妳這麼做」這種賣人情的感覺。我絕對稱不上是擅長交朋友的人，但超喜歡這位為數不多的朋友之一……光都。

她邀我來溫浴會館，應該也是為我送行。希望我可以在出國之前，來這種很有日本味的地方放鬆一下。

我對此感到抱歉的同時，也為能夠見到光都，和她聊這些垃圾話感到鬆了一口氣。

先吃完飯的光都打開了菜單，開始挑選甜點，突然想起了什麼，抬頭對我說：

「對了，Master 稱讚妳越唱越好。他說妳之前就唱得很好，這一陣子聲音更有層次，歌迷也增加了。」

光都提到的 Master，是河畔的大理石咖啡店老闆。那是一家小咖啡店，平時都由僱用的年輕店長阿航獨自張羅咖啡店內的大小事。從去年開始，那家咖啡店會利用公休日或是打烊後的時間，不時舉辦一些活動，只有舉辦活動時，由 Master 親自操持，但大家都不知道他叫什麼名字，都叫他「Master」。

我讀大學時曾經加入民謠社，出社會後，也不時在小型 Live house 或是戶外活動上台唱歌。有時候受人邀請，有時候是自己報名，情況各不相同。只要有一把吉他就可以搞定，所以從來沒有和別人搭檔表演。一個人很自由，也很輕鬆。

有一次，社區舉辦廟會時，我在廣場上唱歌，Master 問我要不要去他店裡唱歌。他個子不高，額頭上有一顆很大的痣，我當下覺得他很可疑，但不知道為什麼，很快就放鬆了警戒。在大理石咖啡店的聖誕節活動時，受邀成為表演者之後，有時候會單獨在那裡舉辦現場演唱會。

大理石咖啡店的活動並沒有特別宣傳，而且總是不定期地悄悄舉辦，所以有一種隱藏版的味道，但很開心，也很溫馨，更不可思議的是，每次客人的人數都「不多不少剛剛好」。

我除了去大理石咖啡店表演以外，也會以客人的身分去參加那裡舉辦的活動。光都就是在那裡表演連環畫劇。

拍子木拍響之後，她就開始表演宮澤賢治的《奧哲比路與大象》。她一開口，聲調就完全改變，讓我大吃一驚。我對這個寓言有點熟，又不太熟，光都的表演讓故事滲入身體，我內心深處發出了甜蜜的顫抖。

我很想和她當朋友，但我並沒有主動接近她。我對任何人都一樣。所以，在我下一次舉辦現場演唱會時，看到光都坐在台下，我不知道有多高興。光為了這件事，我就很感謝Master。

「Master那個人很神奇。」

「對啊，不知道他的真實身分到底是什麼。」

光都看著菜單回答，然後點了抹茶蕨餅。

雖然我不是很清楚，但之前曾經聽說，光都的老家在京都開和菓子店。光都的名字好像也是某個赫赫有名的和尚為她取的。

只不過光都說話時完全沒有關西的口音，她的舌頭很靈活，是迷人的聲音魔術師。

吃完飯後，我們搭電梯來到一樓，走進印了一個白色大大「女」字的藏青色布簾內。

光都在置物櫃前毫不遲疑地脫下了衣服，我也把衣服一件一件脫了下來。

「啊，好漂亮。」

光都看著我的內衣說。那是我上個月在名叫「P-bird」的內衣專賣店買的新內衣。

「輪廓很美，羽毛的刺繡在不同的光線下會不一樣。」

我感到很滿足。她總是會注意到我很珍惜的事物。

光都一絲不掛後，低頭看著肚子說：

「我有時候會想，為什麼只有人類穿衣服。」

我脫下內衣時回答說：

「我猜想起初是為了禦寒和保護身體，然後才萌生了難為情的感情。」

「無論最初是基於什麼原因，當大家都開始遮遮掩掩之後，才會感到難為情。現在不是仍然有些民族露胸過日子嗎？因為其他人都開始穿衣服，自己也覺得難為情，因為感到難為情，所以自己也穿上衣服，陷入了這樣的循環。」

光都鎖好置物櫃，我也用橡皮圈隨意綁起頭髮。光都邊走邊說：

「不知道人類從什麼時候開始不再赤身裸體。以前電視上曾經介紹，尼安德塔人也穿著像是衣服的東西。」

「所以人類全裸是在更早之前嗎？更早之前是什麼人？」

「嗯，是南方古猿？」

我們踩在有止滑小突起的橡膠墊上，走進大浴湯。大浴湯內寬敞明亮，有各式各樣的聲音。流水聲、木桶相碰的聲音，還有女人聊天的聲音。

我稍微沖了一下澡，泡進了最大的高濃度炭酸湯浴池。溫熱的溫泉水包圍了身體，我情不自禁閉上了眼睛。太舒服了。

啊，我之前完全不知道，自己的身體這麼冷。

我舒服地伸展著手腳和身體，情不自禁地開了口。

「……雖然偶爾有人建議我去參加甄選，或是說可以出 CD 就好了，但這並不是我想要的。我只想唱歌而已，只是希望有真正喜歡我的歌的人，來聽我的歌。」

「嗯，我也是，我並不想當女明星，只是想表演連環畫劇。」

「每次唱歌，就覺得靈魂深處在顫抖，這種感覺很舒服，傳達給聽眾的某些東西又回饋到我身上，好像產生了共鳴，有一種融為一體的感覺。」

「我懂，我在演連環畫劇時也有這種感覺，我想應該一樣。」

「是不是？」我點了點頭，把鼻子以下都泡進浴池，嘴巴噗咕噗咕吐著氣。

光都用手掬起水，然後讓水流下來嬉戲著，然後指著浴場深處說：

「那裡不是有寢湯嗎？妳看，天花板有一個洞，我們去看看。」

聽光都這麼說，我才發現天花板有一部分被挖空成雲朵的形狀。我們一起走過去，泡在浴池內抬頭一看，看到了淡藍色的天空。

「今天的天窗打開了，不知道會不會下雨，不然就可以在室內享受全裸被雨淋的寶貴經驗。」

光都語帶興奮地說。

寢湯就是躺著泡溫泉，所以浴池很淺，坐下去後稍微曲膝，膝蓋就露出水面。淡淡的乳白色溫泉很清澈，可以看到身旁的光都的腳尖。她的腳趾甲擦了深紅色指甲油，更襯托了她白皙的肌膚。

光都向來喜歡簡潔的打扮，衣服的顏色也很單調，幾乎都是黑色或是灰色，但是不知道為什麼，看到深紅色的指甲油，我完全不會感到突兀，反而覺得很有光都的味道。

因為她在別人看不到的地方燃燒熱情嗎？

「喔喔，雲慢慢聚集了，搞不好會下雨。」

光都合起雙手乞求，好像在求雨。像葫蘆形狀的洞就像是畫框內有一幅天空的畫，或是正在用形狀奇特的平板電腦看影片，灰色的雲看起來很厚重。

我的內心深處感到一絲痛楚。這片天空和加拿大相連，我發現自己仍然無法擺脫對雄介的眷戀。

真討厭。雖然討厭，但事實就是如此。我內心隱藏著這種多愁善感的感傷情緒。

雄介上週回國時，我向他提出分手，他露出我從來沒見過的可怕表情，好像無法理解我說的話。

他問了我好幾次理由。雖然我把自己的想法告訴他了，但他似乎難以理解，最後我只能一直向他道歉說對不起、對不起。

我相信對他來說，真的像青天霹靂。之前無論雄介說什麼，我都從來沒有說過「不」。因為我不希望他討厭我，因為我不想失去他。他被調到國外、我們的婚事，以及我接下來的生活安排，我都同意雄介的劇本，然後縮在殼內。

我猜想是當我說：「不知道還能在東京舉辦幾場現場演唱」時，雄介的回答成為重擊，在我的殼上留下了無法挽回的裂痕。

「這種小事不重要，妳該好好學英文，又不能靠唱歌這種玩意兒填飽肚子。」

對我來說，唱歌並不是「這種小事」，也不是「玩意兒」。

這就是決定性的原因。我在內心明確地決定了，我忍無可忍了，無法和他共同生活。

我也有自己悉心培育、守護的東西，有自己喜歡、期待的事。溫馨的小型演唱會，面帶笑容聽歌的客人，還有從大學時代就一直陪伴在我身旁的吉他。工作也一樣，我很喜歡小兒科醫院那位像強悍母親般的醫生，很希望來醫院的小朋友都能健健康康，看到他們的成長也感到欣慰。

我也曾經喜歡雄介。不，並不是過去式，我現在仍然喜歡他。

他很努力，個性不服輸，而且渾身充滿了帶領別人一起前進的能量，我被這樣的他吸引。同時，也覺得他努力不讓別人知道他怕打雷很可愛。

只不過我們追求的目標和想要守護的東西不一樣。我們穿的衣服、身上的裝飾，以及我猜想我們想要隱藏的東西也不一樣。

人類已經無法不穿衣服和鞋子生活了嗎？遮住身體、隱藏內心，偽裝自己，說各種謊言，想要成為理想中的人。人類變得如此複雜，連自己都被搞糊塗了。

如果我們是南方古猿，不知道該有多好。

不需要穿任何衣物，也不受任何規定束縛。肚子餓了，就吃草原上的葉子，愛了就擁抱在一起，熟睡到天亮，無法用還不夠完善的語言相互傷害。

彼此相愛無法解決所有的問題。

「別擔心。」

光都突然這麼說，正在發呆的我驚訝地抬起頭。

「妳好好珍惜了認為對自己最重要的事，這樣就好了。佐知，妳可以做自己想做的事，以後也一樣。」

我覺得身體深處在顫抖。和我唱歌時感受到顫抖的位置相同。

因為隱藏在太深處，連自己都有點搞不清楚了。原來我希望有人可以告訴我，這樣沒問題。

以及這完全不丟臉。

下一剎那，溫泉表面彈起好幾滴水滴。下雨了。

「來了！」

光都欣喜若狂地叫著，張開雙臂。

雨滴紛紛從雲朵形狀的天空飄落。我發現雨並不是水滴形，也不是直線狀，而是橢圓形的水珠，好像有人豪邁地灑下透明的糖果，我帶著茫然的心情看得出了神。

淡淡的陽光照了進來。原來是太陽雨。帶著光的雨滴從天花板上的洞滴落，閃亮亮地落在一絲不掛的身體上，順著我的身體滑下去。

我一直以為不可以哭泣。

因為是我破壞了約定。因為我傷害了雄介。因為我選擇了自己喜歡的生活方式。但是。

我允許自己現在流淚。我可以哭。就在這裡淋著雨，渾身冒汗，讓溫泉帶走一切，帶走所有的一切。我就在這裡盡情哭吧。

然後走出浴池，擦乾身體，穿上中意的內衣褲，穿上衣服，穿上鞋子。我可以抬頭挺胸邁步。

等這場雨停了，我一定可以。

5

(皋月・京都)

# 拍響拍子木

京都明明有很多很好的大學，為什麼這孩子要去東京？

我崇尚和平，所以阿嬤說這句話時，我沒有回嗆她「當然是因為想逃離妳身邊啊」。和無法溝通的人吵架，只是沒有意義的對戰。雖然我有自信不會輸，但我並不知道怎樣才算贏。

我家是經營了三百年的和菓子店「橋野屋」，從我懂事的時候開始，父母就整天在店裡忙進忙出。阿嬤說，按照慣例，京都的和菓子店與料亭、旅館不同，並沒有「老闆娘」的角色。阿公是老闆時，阿嬤都屈居幕後，在背後默默支持阿公，身為「老闆娘」的阿嬤絕對不會去店裡發號施令。阿嬤每次說這些事時，總是忍不住用鼻孔噴氣。

但是，自從阿公去世，由父親接手之後，這樣的時代也結束了。母親以前是能幹的廣告企劃，她為自己掛上了「知名老闆娘」的招牌，精力旺盛地為店裡的生意奔走，成功地將商品打進了百貨公司，也開設了網路商店，讓原本岌岌可危的店變得生意興隆，這完全是母親的功勞。但也因為這個原因，父母幾乎都不在家，來參加學校教學參觀日的次數屈指可數。

「光都是我一手帶大的。」這句話是阿嬤的口頭禪，但也是實話。阿嬤很快就不再管店裡的事，隨時都陪在我這個獨生女身旁。

我總是感到很不自由，她對我的管教特別嚴格，我完全沒有感受到她對我的疼愛。裙子的長度、隨身物品的品味、該如何選擇社團她都要管，還趁我不在家時偷看我的日記簿和同學寫給我的信，而且每次都不會忘記數落我一番。

我進高中時下定了決心。等我高中畢業，一定要離開京都，去外地讀大學。

我就這樣去了東京，一去就是十年，現在連說話都已經沒有京都口音了。

喀咚。我把頭靠在車窗上。車窗外的風景咻咻地向後飛去。

我在黃金週過了一半之後，搭上了往京都的新幹線。仔細一想，發現已經有五年沒回京都了。最後一次回家探親是我踏上社會的第二年，還是二十四歲的時候。

本列車即將抵達京都車站。聽到廣播聲，我的身體立刻緊張起來。為什麼回老家會這麼緊張？故鄉不是應該令人感到平靜安慰嗎？

打開家門，雪乃嬸嬸來到玄關迎接我。

「妳回來了。」

看到雪乃嬸嬸溫柔的笑容，終於放鬆了心情。

雪乃嬸嬸是我的嬸嬸，也就是父親的弟弟、我叔叔的太太。

我讀高三那一年，雪乃嬸嬸從千葉嫁到京都。當時三十五、六歲的雪乃嬸嬸看起來比實際年齡年輕很多歲，個性溫和，低調內斂，也從來不會大聲說話。

叔叔和嬸嬸住在隔壁的隔壁，雪乃嬸嬸自從嫁過來之後，幾乎每天都來為阿嬤做飯，幫忙打掃，簡直就像住在同一個屋簷下。她對個性乖僻的阿嬤毫無怨言，悉心勤快地照顧阿嬤，我和父母都很感謝她。

我沒有問過原因，但雪乃叫阿嬤時，都直接叫她的名字「多鶴」。

阿嬤的個性這麼古怪，可能不讓外地來的人叫她「婆婆」。她熱愛京都當然沒問題，問題在於她總是排斥京都以外的一切，這也是她的壞習慣。

我跟著雪乃嬸嬸走進屋內，發現阿嬤坐在客廳的搖椅上看電視。

她明知道我回家了，卻沒有轉頭看我。我無可奈何，只好對她說：

「我回來了。」她這才抬起頭，然後瞪大了眼睛問：

「妳的頭髮是怎麼回事？」

五年來第一次見面，她一開口就挑剔我。雖然我並不意外，但還是忍不住嘆氣。我很喜歡自己超短的髮型，也很喜歡灰棕色的顏色。當年在阿嬤的命令下，我在高中畢業之前，都留了一頭齊肩的頭髮。她絕對不准我染髮，所以我一直都是黑髮。也許我目前的髮型是對當年的反抗。

站在廚房內的雪乃嬸嬸轉身看著我說：

「午餐已經做好了，來吃吧。」

「嗯。」

父母都出門忙工作了，目前是和菓子店的旺季，所以我並不感到意外。我去了廁所，在洗手台洗了手回到客廳，阿嬤正在用市內電話和別人打電話。說話的語氣超客氣。

餐桌上放著壽司桶，裡面是加了滿滿蛋絲的散壽司，還放了許多裝了菜的小碗。有蒸煮伏見糯米椒、醋味噌拌九條蔥鰹魚、豆腐皮清湯、綜合京醬菜。我忍不住吞著口水。

阿嬤打完了電話，坐下來時對雪乃說：

「明天十點的時候，町內會的會長要來，記得準備薄茶。」

「好，要準備柏餅的伴手禮嗎？」

雪乃嬸嬸在分小盤子時回答。

「薄茶」是刷茶方式比較簡單的抹茶。

雪乃嬸嬸在嫁進來之前，「只知道茶葉有綠色或是棕色」，起初不知道薄茶是什麼，還悄悄來向當時還是高中生的我打聽。因為阿嬤根本沒有機會讓她發問。

但雪乃嬸嬸才是無懈可擊的狠角色。她可以做出這麼道地的京都菜，連伴手禮的點心都想得很周到。

阿嬤看著我問：

「吉平最近還好嗎？」

吉平是茶葉批發行福居堂的獨生子，我們兩家是世交，再加上分別是茶葉批發行與和菓子店的關係，所以兩家人的來往很密切。

福居堂要在東京開分店，吉平在二月時去了東京。

「應該不錯吧，我只有一月的時候見過他而已。Master 說吉平很忙，但比之前更有笑容了。」

Master 是京都畫廊的老闆，在這一帶小有名氣。雖然看起來很憨厚，但精明能幹，做了各種不同的生意。

其中一門生意就是在東京開了大理石咖啡店，在新年過後舉辦抹茶活動那一天，Master 請我們提供店裡的和菓子，我在那天和也被拉去協助這個活動的吉平聊了幾句。

「光都，很期待妳的連環畫劇，謝謝妳在假期特地來表演。」

聽到雪乃嬸嬸這麼說，我很自然地露出了微笑。

我進了東京的大學後，參加了舞台劇社。有一次，在歡迎新生時表演了連環畫劇作為餘興節目，沒想到超有趣，我立刻覺得「這就是我想做的事！」。

可以自己決定所有的事，而且幾乎不需要花費經費也很合我的意。只要有半徑一公尺左右的空間，讓我可以站在那裡把連環畫插入、取出，不需要特別的設備，無論在室內還是戶外都可以表演。我主動接洽托兒所、養老院、地區的廟會等，很多地方都很有興趣，而且表演一次之後，經常會再次受到邀約。

所以我大學畢業後，在郵購公司當接線生之餘，也持續表演連環畫劇，作為自己的終生志業。

這次是因為雪乃嬸嬸聽 Master 說了之後，邀請我來表演，所以我順便回來探親。她在公民館打工，希望我務必能夠在兒童節當天，在公民館表演。我很高興受到邀請，所以此行卯足全力，做好了充分的準備。

我喝了一口清湯，正準備回答雪乃嬸嬸時，阿嬤搶先開了口。

「這年頭根本不流行連環畫劇了吧？」

以前我和雪乃嬸嬸開心地討論網路影片時，她不是說什麼「不要這麼輕浮，整天追求流行」嗎？說到底，她就是喜歡挑剔找碴。被她這麼一說，我根本不想在她面前談論連環畫劇的優點和熱忱。

我默默吃著糯米椒。餐桌旁響起阿嬤咬紅芝漬醬菜的聲音。

吃完午餐，我和雪乃嬸嬸站在廚房一邊閒聊，一邊洗碗、擦碗，收拾完畢後，回到了客廳。

阿嬤靠在搖椅上閉著眼睛，把手輕輕放在額頭上。

今天看到阿嬤的第一眼，我就覺得她的氣色不太好。是不是有哪裡不舒服？我克制著內心的不安問：

「阿嬤，妳要不要喝茶？」

「好。」阿嬤微微睜開眼睛回答，我正準備走去廚房，她唐突地對我說：
「妳要演什麼連環畫劇？」
我轉過頭，心跳微微加速。阿嬤竟然有興趣。
「宮澤賢治。」
我小心翼翼地回答這個名字，阿嬤冷冷地叫了起來：
「啊！妳有辦法理解宮澤賢治嗎？要理解賢治的作品很難，更何況是說給別人聽，更是難上加難。」
咯咚。我的胸膛深處響起巨大的聲音，好像破了一個黑暗的大洞。阿嬤沒有發現我掉進了那個洞內，繼續嘮叨不停。
「之前聽說妳上大學後，參加舞台劇社時，我也大吃一驚。妳從小就很愛哭，整天嗚嗚嗚嗚，而且平衡感很差，常常跌倒，我忍不住擔心，妳這麼呆頭呆腦沒問題嗎？沒想到竟然要在眾人面前表演，真是難以相信。」
阿嬤不以為然地笑了起來。習以為常了，她每次都這樣……當作沒聽到就好。

但是，我無論如何都無法做到。不知道是憤怒還是悲傷，也可能兩者皆是，我無法克制即將噴發的滾燙憤怒。

「……為什麼？」

我費力地擠出這幾個字後，對著一臉嚴肅表情的阿嬤說：

「妳為什麼老是挑剔我做的事？」

阿嬤皺起眉頭說：

「我這是在教妳，避免妳失敗栽跟頭。」

「無論我再怎麼努力，妳從來不會認同我，從小到大都是這樣。即使我學會了單槓的後迴環上槓、閱讀感想得了獎，或是考進了大家口中高難度的高中，妳都有辦法挑毛病。」

「後迴環上槓？這麼久之前的事妳還記在心裡嗎？」

「我記得啊，我一直都記得！妳根本不知道自己的神經大條有多麼傷人！」

阿嬤沒有吭氣，我也沉默不語。

最後，我終於忍不住衝出了客廳，經過端著放了三杯茶的托盤站在那裡的雪乃嬸嬸身旁衝了出去。

我在自己的房間內，躺在床上發呆。

淚水流了下來。我把對阿嬤的不滿一吐為快之後，陷入了深深的自責。

阿嬤今年幾歲了？我記得是八十二歲，下次不知道什麼時候才會見面，事到如今，根本不必再提那些事，讓氣氛變得這麼尷尬。

我終於恍然大悟。其他的事或許不重要，但至少希望阿嬤能夠認同我的這件事。

我站了起來，伸手拿起裝了連環畫劇道具的袋子。

這是我從東京帶回來的連環畫劇木框。我找了很久很久，不願放棄自己的堅持，終於找到了自己喜愛的框架。雖然有點重，但插畫進去或取畫出來時都很順暢，最重要的是，我超愛它典雅的設計，可以打造超有氣氛的舞台，吸引觀眾進入連環畫劇的世界。

這次帶回來的都是宮澤賢治的作品。

妳有辦法理解宮澤賢治嗎？阿嬤刺進我內心的那根刺拔不出來，刺中我內心最柔軟的一塊。

我當然知道讀懂宮澤賢治並不容易，所以我一次又一次反覆仔細閱讀了他的好幾部作品，努力思考。即使是現在，每次表演連環畫劇時也都在思考。而且我很愛宮澤賢治的作品，從小就很愛。

——那是我九歲的時候。

父母工作都很忙，每天都半夜才回家，有一次他們一起去出差。傍晚颱風登陸，入夜之後，外面狂風大作，發出呼嘯的聲音。

爸爸和媽媽還好嗎？颱風會不會把這棟房子吹走？我不敢關燈，一直開著燈，躺在床上不敢睡。

雖然我房間關了門，但阿嬤可能發現了門縫透出的光，於是走進我的房間。

「妳睡不著嗎？」

阿嬤問我。我躺在被子裡點了點頭，阿嬤嘟囔著：「這孩子真是膽小鬼。」走出了我的房間，又很快走了回來。

「我朗讀給妳聽。」

我大吃一驚，原來阿嬤去拿書了。她掀開我的被子，硬擠在我旁邊，戴上老花眼鏡，翻開了書。

接著，阿嬤開始朗讀。

她讀的是宮澤賢治的《夜鷹之星》。

那是阿嬤第一次為我朗讀，更意外的是，阿嬤的朗讀很動人心弦，我聽得驚心動魄。

但是，對當時的我來說，夜鷹未免是太悲情的角色。一下子被說很醜陋，一下子對吃飛蟲感到痛苦。夜鷹根本沒有任何過錯，只是心地善良，卻受到很多不公平的對待。最後變成星星的結局也很可怕，很悲傷，我忍不住哭了。我原本就已經夠害怕了，無法理解阿嬤為什麼選了這個故事。

沒想到阿嬤大聲斥責我：

「有什麼好哭的？夜鷹變得比任何鳥更美了，妳知道為什麼嗎？因為牠靠自己的力量，奮力飛上了天空！」

那並不是繪本，而是「宮澤賢治全集」中的一本文庫本，封面已經縐巴巴，阿嬤應該已經看了很多次。

「牠不會再受到任何傷害，也不會再傷害他人，只是照亮天下，所以夜鷹已經安全了。」

阿嬤低頭看著書說。

她沒有繼續為我朗讀，躺在我旁邊獨自繼續看書。我不敢和她說話，怕打擾到她，但也無事可做，結果就在不知不覺中睡著了。清晨醒來時，發現阿嬤睡在我身旁，我大吃一驚。

所以夜鷹已經安全了。阿嬤說那句話的聲音至今仍然留在我耳朵深處。

我關在自己房間兩個小時左右，感到口很渴，於是悄悄走去廚房。阿嬤不在客廳，雪乃嬸嬸已經開始準備晚餐，我站在雪乃嬸嬸旁說：

「對不起，都讓妳一個人張羅。」

「沒關係、沒關係，備料已經完成了。妳要不要吃枇杷？」

雪乃嬸嬸說，這些枇杷是她千葉的老家寄來的。我還沒有回答，她就從冰箱裡拿出枇杷盒，把枇杷倒在竹編簸箕內沖了一下。我又看了客廳一眼後問她：

「……阿嬤呢？」

「她說要回房間躺一下。」

阿嬤果然身體不舒服嗎？我剛才說了那些話，可能讓她更不舒服了。

如果。如果阿嬤生病了……我心跳加速，鼓起勇氣問雪乃嬸嬸：

「那個……阿嬤該不會生病了？」

雪乃嬸嬸噗哧一聲笑了起來。

我目瞪口呆，雪乃嬸嬸把枇杷放在盤子上說：

「對不起，對不起，我不該笑。妳不用擔心，她只是難得睡午覺而已，之前做健檢也都沒問題，骨質密度比實際年齡年輕二十歲，身體很健康。」

雪乃嬸嬸在餐桌旁坐了下來。我也跟著在她對面坐了下來。她拿起一顆枇杷，俐落地開始剝皮。

「因為妳今天要回來，多鶴說她太高興了，昨晚都沒闔眼。今天早上也一直在看時鐘，還打電話去ＪＲ，確認新幹線是否準時，只要門外稍微有一點動靜，就在窗前探頭張望，以為妳回來了。今天的午餐也是她想了很久之後決定的菜色。」

我也隱約發現了。午餐全都是我愛吃的菜，細如髮絲的蛋絲幾乎到了執著的程度，必定是出自阿嬤之手。雪乃嬸嬸把皮剝乾淨的枇杷遞給我。

「但是妳一進門，她就板著臉，擺起架子，我覺得很好笑。」

我接過枇杷。果汁飽滿的果肉一放進嘴裡，就感受到柔和的甜味，還有清爽的酸味。我怔怔地想，就和雪乃嬸嬸一樣。

「多鶴很可愛，她開口閉口都是聊妳的事。」

「反正她只會說我的壞話。」

一方面是為了掩飾內心的害羞，我這麼回答。雪乃嬸嬸微微歪著頭說：

「算是壞話嗎？多鶴向來不會談論她眼中沒有魅力的人，到底是她很喜歡，還是認為根本不重要呢？」

我抬起頭，雪乃嬸嬸笑了起來。

「每天傍晚的時候，她就會看電視上的全國天氣預報，然後喃喃嘀咕說，原來東京下雨，或是不知道會不會冷。如果看到首都圈有地震快報，即使震度只有一級或是二級，在得知東京沒有發生任何意外之前，她就會在房間內走來走去，明明只要打電話問妳，馬上就可以知道了。」

我完全無法想像這樣的阿嬤。

和剛才不同溫度的淚水滴在餐桌上。

我對阿嬤……我覺得阿嬤很討厭，又很喜歡她；覺得她很煩，又很想她；不想理她，又很想向她撒嬌。對她的感情總是很複雜，剪不斷，理還亂。

我內心帶著這些難以釐清的矛盾，很痛苦，很想離開。

但同時又非常非常擔心阿嬤，很希望她可以健健康康。

變成星星的夜鷹仍然在天空靜靜地燃燒，在平安的天上燃燒著。

但是，我不是星星，我還活著，活在地面上。

所以會因為別人的言行而受傷，同樣地，也會傷害別人。

但是，只要靠自己的力量努力生活，是不是可以稍微照亮別人？我是否也會因此變「安全」？

雪乃嬸嬸又剝了一個枇杷遞給我，我輕輕搖了搖頭說：

「謝謝，我自己來。」

雪乃嬸嬸笑著點了點頭，咬了一口手上的枇杷。

我打算回自己的房間，在門口停下了腳步。

因為我從虛掩的門內看到了阿嬤的背影。

阿嬤拿起了我的連環畫。是《風又三郎》。她帶著一絲微笑，充滿憐愛地輕輕撫摸著標題。

宮澤賢治作品中的角色都很奇特，他們或軟弱、或醜陋或愚笨，沒有脫離現實的冠冕堂皇，個個都很鮮活生動。

大自然的法則不合理而略微荒涼，卻又純潔豐盈。在接受大自然恩惠的同時心生敬畏，面對自己無法解決的感情。我被宮澤賢治的世界深深吸引。

我看著阿嬤的背影，突然笑了起來。然後吸了一口氣，用力推開了門。

「阿嬤，妳怎麼又不說一聲就進我房間！不要隨便動我的東西。」

阿嬤抖了一下，轉頭看向我，迅速放下了手上的連環畫。

「我沒動，只是看看而已。」

「少騙人了。」

沒錯，我就該這樣，想說什麼就直接說出來，不要悶在心裡，該吵就吵一架。不要因為阿嬤挑剔數落，就覺得抬不起頭。

我請阿嬤坐在床上。阿嬤一臉詫異，但還是順從地坐了下來。

我把床對面收納箱上的小東西移到桌上，把連環畫劇的木框放在上面，設置了舞台。

阿嬤，我長大了。

我已經不是以前那個愛哭的小女孩了。

我用自己賺來的錢付房租、水電費和自己的餐費。雖然工作不順利時會沮喪，也曾經談過很受傷的戀愛，但我都挺過來了。

我已經學會了打蟑螂，也學會了怎麼做出好吃的滷芋頭，更學會了如何度過幾乎快被不安壓垮的孤單夜晚。所以。

「妳看好囉。」

所以，我無所不能，可以去任何地方。可以變成螃蟹在溪水中呢喃，可以變成大象幫助同伴，也可以變成鳥兒在天空飛翔，更可以變成駿馬在大地奔馳。

我拍響了拍子木。梆梆梆梆、梆梆梆梆。

「風又三郎的故事開始了，開始了。」

蕭蕭蕭、颼颼颼，蕭蕭蕭、颼颼颼。
風吹落了青核桃，
吹落了酸木梨。

阿嬤就像小女孩般端坐著，出神地看著連環畫劇。
她的雙眼濕潤，閃著光亮，宛如在漆黑的夜空中靜靜綻放光芒的小星星。

蕭蕭蕭，颼颼颼。
我放開音量，把阿嬤帶進故事的世界。
就像那個在暴風雨的日子翩然出現的奇特少年。

6

（水無月・京都）

# 夏越祓

昨天開始下起的雨，在黎明時分終於停了。今天應該不需要雨傘。六月三十日。今天應該是梅雨季節裡短暫的晴天。

準備好腰帶和足袋，穿上像繡球花般淡紫色無內裡和服單衣。很久沒穿了。現在很少穿和服出門。

以前丈夫還是和菓子店「橋野屋」第九代老闆時，我每天都穿上和服努力工作，還要同時照顧嚴厲的婆婆和沉默寡言的公公，默默支持丈夫，和照料兩個兒子長大。

我早就已經退休，不管店裡的事了。自從大兒子繼承丈夫的衣缽，媳婦加奈子嫁進來之後，店裡的氣氛和之前完全不一樣了。她整天提出一些我難以置信的膚淺建議，雖然我搞不懂那些玩意兒，反正一下子要在網路上開店，一下子又要舉辦折扣促銷，而且接受有線電視和流行文化時尚雜誌的採訪時，不是身為老闆的大兒子說話，而是加奈子面對記者滔滔不絕。我無法忍受他們用這種廉價的方式對待店裡的和菓子，每次都提出反對意見，但他們都硬闖蠻幹。大兒子對加奈子言聽計從，說什麼如果像我這樣只在意面子，萬一店倒了，就雞飛蛋打，什麼都沒了。

沒想到他們的做法竟然奏了效。

原本連年虧損的店徹底轉虧為盈，加奈子也成為本地出了名的老闆娘。原來加奈子「做對了」。我覺得這一切好像是在暗中說我這個婆婆已經過時了，很不甘心，也不願意承認，於是決定完全不干涉店內的所有事。

而且我有必須要照顧孫女光都這個正當的理由。既然你們夫妻把所有的心思都放在店裡，那我會把這孩子教育得很出色。

光都讓我在家裡有了容身之地。她真的很可愛，因為太可愛，所以我告訴自己絕對不能溺愛她，也許是因為這個原因，對她管太嚴了，事到如今，我已經不知道要怎麼對她說關心體貼的話。

我走出家門，經過公園前時，看到有一隻貓在樹下理毛。我經常看到這隻白色街貓，右眼是黃色，左眼是藍色，額頭有一道小傷痕。我叫著「小白」，牠猛然抬起頭。這是我為牠取的名字，因為牠一身白毛，所以就叫牠小白。小兒子的老婆雪乃叫牠「棉花糖」。因為牠之前剛在這裡出沒時更小，而且一身蓬鬆的白色，雪乃覺得牠很像棉花糖。
我彎下腰問小白：
「一直下雨是不是很煩？你昨晚在哪裡？」
不知道小白有沒有聽到我的問題，牠不停地舔著前腿。
「梅雨季節還沒有結束，你要好好照顧自己。」
喵嗚，小白應了一聲。真有禮貌。我再度邁開步伐，一輛腳踏車在護欄外的車道邊緣快速超越了我。
我在路旁的郵筒前停下腳步，從手提包內拿出明信片。前幾天收到朋友親自動筆畫的明信片，所以我也寫了明信片回覆。我不經意地看向明信片下方，想起了大兒子以前曾經說過我這件事，仔細一想，發現的確有這種傾向。
我在寫自家住址時，似乎總是習慣把「下京區」這幾個字寫得特別大，似乎會不自覺地表現出身為道地京都人的自豪。
有什麼關係，反正事實就是如此。

京都市下京區ＸＸＸ。橋野多鶴。

「多鶴」是以前專門為我媽做和服的一位和服裁縫師的名字，這位裁縫師傅聰明美麗，人見人愛。我媽希望我可以像多鶴老師一樣，以後成為像她那樣的女人，所以為我取了這個名字。多鶴老師也很疼愛我，所以我很喜歡這個名字，但是現在幾乎已經沒有人叫我的名字了。

「那我來叫妳多鶴，也請妳直接叫我的名字。」

雪乃嫁進來後不久，我和她聊到這件事時，她這麼對我說。

她親暱地提出這個建議時，我起初有點吃驚。因為我一直以為雪乃很怕我，而且她看起來很文靜膽小，但很快就知道並非如此。雪乃的神經很大條，而且也很聰明，內心很堅強。

我完全無法想像直接叫婆婆名字這種事，不禁覺得時代真的不一樣了。

我把明信片丟進郵筒，走向公車站準備去搭公車。今天要去位在四條的百貨公司。

百貨公司的地下二樓人滿為患。

也許是因為差不多快中元節的關係，我走過五彩繽紛的西點區，走向販售和菓子的區域。

這裡總共有八家和菓子店，我慢慢走著，打量著糕點櫃內滿滿的和菓子。

——我家的和菓子一枝獨秀。

我覺得我家的商品完全不輸給其他店。雖然我現在不再出入店裡，但對這件事很有把握。

橋野屋位在倒數第二個櫃位。我在和菓子區域繞了一圈，偵察完其他店之後，在熟悉的招牌前停下腳步。

只有一名店員，那個女生應該是打工的，她滿面笑容對著我說：「歡迎光臨。」

我向她點了點頭，但有顧客找她，她立刻把頭轉了過去。她似乎不認識我。這也是理所當然的事。

如果在十年前，一旦發生眼前的狀況，資深的員工就會數落說：「妳真是有眼無珠，這位是老夫人，是董事長的母親。」但那些老員工幾乎都離開了。

諷刺的是，對我來說，現在這樣反而更方便。既然我已經表明不再干涉店裡的事，就不方便再去總店，像這樣來百貨公司，混在其他客人之中來看看，大兒子夫婦也不會發現。如果要作為伴手禮或是送朋友時，會請大兒子從店裡帶回來，想要自己吃幾個橋野屋的點心時，就無法像小孩子一樣央求他帶回來。

那名年輕店員穿著乾淨的白色襯衫，繫著橋野屋的圍裙。她的頭髮盤了起來，但耳垂上的耳環不停地晃來晃去，這一點讓我完全無法接受。我很想指點她，但拚命忍住了。

我看向糕點櫃內。

有了。不，怎麼可能沒有？這種三角形的和菓子只有在這個季節會出現在店內。

我今天就是來買這個。

六月三十日，在舉行夏越祓儀式，斬除上半年的厄運，同時祈求下半年無病無災的這個日子，就要吃這種含水量高、主要使用豆沙做的特別生菓子。白色外郎糕上鋪了滿滿的蜜紅豆，像麻糬般的口感……

「請問有水無月嗎？」

身後響起一個聲音，我忍不住回頭看。

那是一個穿著短袖白襯衫，繫了領帶的年輕男人，把西裝掛在手上。他看起來才二十多歲，兩道整齊的眉很清秀。從他說話的聲調，猜想他應該不是關西人。

「有，請稍候。」

正在接待其他客人的店員在櫃檯內忙碌的同時回答，似乎遇到了提出複雜要求的客人。

年輕男人向玻璃櫃內張望。

我坐立難安，忍不住指著三角形的和菓子告訴他：「這就是水無月。」

不同店家做的水無月大不相同，外郎糕的硬度，和蜜紅豆的搭配都不同。有些店家會將三角形的切口切得很整齊，有的店家故意切出粗糙感，以淳樸的親切感為賣點。

多鶴老師曾經說，她最愛橋野屋的水無月。

當時聽到這件事，我不知道有多高興。橋野屋的水無月，用透明的寒天將蜜紅豆凝固在一起，紅豆的大小也很講究，還有柔軟不黏牙的外郎糕，都是經過深思熟慮後做出來的。

自從我嫁進橋野屋後，每年六月三十日，我都很期待親自送水無月給多鶴老師。我們總是一起吃著水無月，天南地北地聊天。

「橋野屋的水無月很晶亮，太美了。」

每逢這個季節，想起多鶴老師說這句話時的溫柔眼神，就難過得胸口隱隱作痛。

剛才問有沒有水無月的年輕男人並沒有因為我突然對他說話感到害怕，用開朗的聲音說：

「喔，原來這就是水無月。」

他把臉貼在玻璃展示櫃上打量後，對我露出了天真無邪的笑容。

「我姓水無月，名叫水無月裕司。」

「這樣啊。」聽了他的話，我只能這樣回答。他突然對一個陌生老太婆自我介紹的爽朗，讓我有點不知所措。

「我昨天出差來京都，明天就要回去了。聽客戶說，京都只有這個季節會有水無月，所以我想一定要來吃看看。」

「請問你是從哪裡來出差？」

「東京。」

東京。是光都生活的地方。她在讀大學後去了東京，至今已經十年了，完全都不回家。上個月是她五年來第一次回老家，但只住了一晚就又回去了。

光都以前是個膽小的孩子，現在已經成熟脫俗，能夠勇於表達自己的想法。她為我演了在東京四處表演的連環畫劇，看著她的身影，我竟然老淚縱橫。我明確感受到宮澤賢治進入了光都的內心，光都在我一無所知的東京，一定經歷了許許多多的事，許許多多的快樂和悲傷。看到她的成長，我實在太欣慰了。

只不過我忍不住感到一絲失落。不，說實話，不是一絲而已，而是很失落。也許我已經沒有能力再為她做任何事，無論有沒有我，都已經無所謂了。

水無月先生問我：

「不好意思，我聽說這種和菓子具有消災的效果，是真的嗎？」

店員還在接待剛才的客人。水無月先生的親切讓我放鬆了心情，我情不自禁開了口。

「是啊，你說的消災效果稱為夏越祓，以前的朝廷貴族在六月底時，會在嘴裡含冰塊消暑，全力對付即將來臨的難熬夏天。只不過以前的冰塊是很高級的東西，平民百姓根本吃不起，所以就把白色的外郎糕切成三角形，當作是冰塊。」

水無月先生雙眼發亮地說：

「太有趣了！」

我很高興看到他這麼有反應，忍不住露出了笑容。太丟人現眼了。

我用力抿緊嘴唇，水無月先生看著玻璃展示櫃說：

「現在買不起這種和菓子的窮人都靠冰塊消暑，竟然還有這種習俗，真是太奇妙了。」

我的心頓時涼了。

也許在這個年輕男人眼中，這件事很愚蠢，搞不懂為什麼仍然維持這種落伍的習俗。

沒想到他一臉陶醉地繼續說了下去。

「即使時代變遷，無論狀況如何改變，這種消災的傳統仍然能夠代代相傳，真是太棒了。」

我大吃一驚。

我重新認識到，即使已經進入可以輕易獲得冰塊的時代，為什麼這種和菓子仍然流傳下來？

我此生對和菓子的感情，傳遞給了像他這樣的年輕世代。難以形容的喜悅漸漸填滿了內心。

水無月先生再次轉頭看著我說：

「請問上面的紅豆也有什麼意義嗎？」

我忍不住露出了笑容。

「紅豆可以驅魔避邪，魔鬼和惡魔看到豆子都會逃走。」

沒錯，人們的祈願代代傳承下來。

世事往往無法如願，我們必須面對各種苦難，克服各種苦難，承受無法操之在我、無法預料的各種災禍。

所以才會把祈願融入和菓子中，希望大家都能健康生活，不被酷暑打敗，不向可怕的魔鬼低頭。

店員終於接待完前一位客人。

「讓您久等了。」店員滿臉歉意地說。

「沒關係，沒關係。」水無月先生輕輕搖頭。

他買了兩片水無月，在店員為他裝盒時，他向我鞠了一躬說：

「謝謝妳和我分享這些知識，今天能夠買到，真是太開心了。我之前就決定，如果要在京都買和菓子，絕對非橋野屋不可。」

我忍不住一驚。

「為什麼？為什麼非橋野屋不可？」

「我在活動公關公司上班，很久之前，曾經受電視台的邀請，企劃了諧星大胃王比賽，在介紹各地名產的同時，讓諧星吃光所有這些名產。有人推薦了橋野屋的和菓子，橋野屋的老闆娘那時候剛好也在東京，我的上司和老闆娘洽談時，我剛好也在場。」

水無月先生似乎想起了當時的情況，噗哧一聲笑了起來。

「因為是五大核心電視台之一，而且是收視率很高的綜藝節目，我的上司對老闆娘說，一定可以成為很出色的宣傳，沒想到老闆娘仍然斷然拒絕。她說無法忍受自家的和菓子被這樣糟蹋，無論可以發揮多大的宣傳效果，她都絕對不可能答應。她說所有和菓子都是悉心呵護、培育的成果，凝聚了深厚的感情，希望客人能夠在重要的時刻，好好欣賞後細細品嘗。老闆娘說話時雙眼冒著怒火，我感受到她對自家商品深厚的感情，所以我一直無法忘記橋野屋。」

……傳承下去了。

加奈子也繼承了我對和菓子的感情、我們對和菓子的感情。

我內心充滿了無法用言語形容的感情，雙手忍不住放在衣襟前。

我帶著陶醉的心情看著水無月先生向走回來的店員付了錢，接過水無月。

水無月先生離開百貨公司之後，應該會回到飯店的房間吃水無月，明天回東京。

「東京真的有那麼好嗎？」

我幽幽地問。水無月先生笑著說：

「至少對我來說是這樣，而且我喜歡的人也在那裡。」

我看著水無月先生靦腆的表情，輕輕點著頭。

是啊，既然光都在那裡，對我來說，東京就是個好地方。

即使日本所有家庭的冰箱冷凍庫內，一年四季都有幾乎免費的冰塊，每年夏天到來之前，水無月仍然為人們消災解厄。

即使多鶴老師已經離開，但因為雪乃叫我「多鶴」，所以老師隨時都在我身旁微笑。

時代瞬息萬變。

曾經有的東西消失，以前沒有的東西不斷出現。

即使身處時代的洪流之中，我仍然希望可以相信，想要永遠珍惜的東西會以不同的方式持續傳承，持續存在。

「那我就先告辭了，謝謝妳。」

水無月先生恭敬地鞠躬說道，我也向他回禮：

「我才該謝謝你，祝你工作順利。」

水無月先生離開後，我也向店員買了一片水無月，祈禱下半年可以無病無災，一切順利。

這時，我才發現店員戴的耳環是可愛的風鈴，忍不住心花怒放。

# 7（文月・京都）

# 大叔和短籤

我是一隻貓，有很多不同的名字。

人類都喜歡隨便幫我取名字。球球、小白、喵喵。也有不少食物的名字。因為我全身都是純白色，所以人類都用白色食物的名字來叫我。牛奶、棉花糖、麻糬。起初還很納悶，為什麼要叫我麻糬，但後來發現當我用力伸展背的時候，麻糬這個名字很傳神。我的身體真的可以拉得很長，而且超柔軟，連我自己都會忍不住神魂顛倒。

也有人把我抱起來，一臉自認為博學多聞地說：「以人類的年紀來說，你差不多二十歲左右？正是妙齡啊。」

我怎麼可能知道這種事？難道人類真的認為時間對所有人來說，都是以相同速度、相同密度流逝嗎？人類用「年齡」來決定某些事，真是太莫名其妙了。

雖然人類有很多奇怪的事，但我覺得最神秘的就是每個人都小心翼翼地拿著好像魚板的板子，不是用手指在上面咚咚咚敲打，就是放在耳朵旁自言自語，或是停下腳步，做出好像拿給天空或是花朵看的動作，完全搞不懂他們在做什麼。

對了，那個板子偶爾會發光，或是突然發出聲音，搞不好那東西有生命。如果真是這樣，真是備受人類的寵愛。那個扁扁長長的東西到底有什麼魅力，人類要隨時都帶在身上？我實在搞不懂。

我的右眼是黃色，左眼是藍色，聽說這種異色眼稱為虹膜異色症。日本古代稱為「金眼銀眼」，被認為很吉利。被視為招福貓受到疼愛珍惜當然不可能不高興，只是覺得很奇怪，人類都會編出一些圖利自己的故事。我並不是什麼特別的貓，只是有點漂亮的美貓。

至於我為什麼會知道這些事，其實都是二手書店的大叔告訴我的。我是所謂的街貓，不會停留在某個人類身邊，所以認識很多人（雖然我的好惡很明顯），我尤其喜歡這位大叔。

因為大叔不會在我心情不好的時候隨便亂摸我，也不會尖聲說我好可愛、好可愛，更不會一臉欣喜地用那個像魚板的木板對著我。大叔總是坐在敞開門旁的鐵管椅上，一動也不動地專心看書，看到我走過去，只是瞇起眼睛呵呵笑幾聲，然後繼續低頭看書。

當我走進店內，蜷縮在大叔腳下，他就會在絕佳的節奏拍拍我的屁股，或是摸我的脖子後方，然後用平靜的聲音緩緩對我說話。簡直太完美了。

我今天也在散步時順便去找大叔。

大叔的二手書店離我平時生活的梅小路公園並不遠。經過很少有人走動的小巷，穿越空房子的庭院，趁馬路上沒有汽車和腳踏車時穿越車道。

我喜歡大叔的氣味，但我最近才發現，其實是喜歡二手書的氣味，會讓我感到安心，心情很平靜。無論紙張還是油墨，都吸附了遙遠過去某個人的感情，舒服地在那裡放鬆休息。從不催促，也不受催促。

造訪這家二手書店的客人舉止都很安靜，這點也深得我心。也許是來找大叔的人都和大叔很像。

我很愛人類在看書時的樣子，每次都覺得很美。我可以感受到他們雖然身在此處，卻已經去遠方旅行；雖然身體靜止，卻有其他東西動了起來。

大叔的店很小。

這家店又小又舊。

大叔總是一個人。

他的太太有時候會來店裡，放下便當後，和他聊幾句後就回家了。

大叔總是花很長時間吃便當。

有時候會和我分享烤鮭魚的魚皮。

我以為我們已經是好朋友了，但大叔沒有隨便為我取名字，而是叫我「貓貓」。我覺得這很像大叔的作風，我很滿意。

大叔的店很舒服自在。

我常常不知不覺就睡著了，當醒來的時候，會陷入自己就是在這裡出生的錯覺。

如果真是這樣，不知道該有多好。我有一絲這樣的想法。

來到二手書店時，看到門前突然種了一棵陌生的樹，我大吃一驚。又細又綠的樹和大叔的身高差不多。

長了很多樹葉的樹枝上，掛了五彩繽紛的紙，那些彩色的紙飄啊飄，飄啊飄，捕獵的血液超越了我的意志在全身沸騰，我情不自禁撲向那些五彩紙。這些彩色的紙是什麼？我可能看過，但也可能沒看過。我不知道。

「不行不行。」大叔笑著走了出來，蹲下來撫摸我的頭。我的額頭上有一道傷痕，但那是很久之前受的傷，現在已經不痛了。

「這叫做短籤，因為今天是七夕，所以大家都會把短籤掛在許願竹上。」

大叔粗糙的手托住我的下巴，他托著的力道剛剛好，很舒服，我的喉嚨忍不住發出咕嚕咕嚕的聲音。我努力平撫興奮的心情，仔細觀察那棵樹，發現那並不是從地面長出來的，只是插在雨傘架上。

「今年的七夕是晴天，真是太好了。」

大叔站了起來，把短籤重新綁好，聲音變得有點遠。

我的左耳聽力好像有問題，但天生就是這樣，所以也無法比較，不知道和其他貓有什麼不一樣。

但也因為這個原因，從小到大遇到不少危險，經常因為沒有及時發現從轉角處衝出來的車子或是從天而降的烏鴉，差一點送了小命，幸好每次都在千鈞一髮之際死裡逃生。

有一次不慎闖入老貓的地盤，沒有發現一隻虎斑貓怒不可遏地衝了過來，結果被牠狠狠抓了一下，於是就留下了額頭這道傷痕。

我出生的時候，媽媽可能在我身旁，也可能很快就離開了。我不知道。可能曾經有很多兄弟姊妹，可能骨肉離散了。我不知道。

從我有記憶開始，就是孑然一身。我明明完全不記得之前發生了什麼事，只知道曾經感到很難過，只有身體記住了曾經經歷痛苦的感覺。

「大家會把夢想或是希望寫在這張紙上給星星看。」

夢想和希望？

我轉動了腦袋。

大叔轉頭看向彩色紙的方向，看到他陶醉嚮往的眼神，我終於恍然大悟。

書籍應該就是無數短籤聚集在一起，充滿了夢想和希望，寫滿了人類嚮往的事物。

掛在樹上的短籤太多太多了，星星根本來不及看，所以人類代替星星，很努力、很拚命地輪流看這些書。是不是這樣？

「貓貓，要不要我也為你寫一張？」

大叔笑著問我。

不必了。我把頭轉到一旁開始理毛當作是我的回答。

因為我根本搞不清楚夢想或是希望這種東西。

也許對人類來說，夢想和希望就是還沒有得到的東西在未來閃閃發亮，就像這些短籤一樣在風中飄搖。

我對以後的事沒有興趣，現在這樣，上天給予我的這個身體就是一切。無論是聽力有點受損的單邊耳朵，額頭和傷痕，還是悲傷的經驗，沒有幸福或是不幸，全部都屬於我堂堂正正的貓生。

我從來不曾擁有任何東西，以後也沒有這樣的打算。

我只知道自己很喜歡的大叔在眼前笑得很開心。
這裡是安逸的地方。
只要這樣，我就心滿意足。

突然很想睡，於是把下巴放在前腳上閉上了眼睛。
大叔，我問你。
你的夢想是什麼？你的希望又是什麼？

我昏昏沉沉，竹葉摩擦發出的沙沙聲越來越小聲，越來越小聲。隱隱約約，如夢似幻，就像是溫柔的催眠曲。

8

# 尋覓缺少的那一集

（葉月・京都）

蟬鳴聲響徹了下鴨神社境內的原始森林糺之森。

綠樹在寬敞的參道旁像隧道般形成遮蔽，兩側密集地設置了超過三十個白色帳篷。

一個年輕女人停下腳步，看向我排放在帳篷下的書箱，但我還來不及從鐵管椅上站起來，她已經走向隔壁攤位。她手上搖著在入口發的扇子，上面印著「下鴨納涼二手書市集」幾個字。

每年中元節期間都會舉辦這個二手書市集活動，我今年第一次來參加。這是連續舉辦六天的大型活動，除了京都以外，全國各地的二手書店和客人都會來共襄盛舉。

我的運氣很好，被分到的帳篷位置很理想，剛好在樹蔭下，但目前畢竟是八月中旬，中午過後，氣溫還是很高。雖然不時會吹來一陣涼風，但一整天曝露在戶外，還是需要動點腦筋。

妻子富貴子為我準備的手巾內夾著結了冰的保冷劑，我不時放在額頭和脖頸上降溫，只不過保冷劑已經融化，變得軟趴趴了。雖然客人絡繹不絕，但大部分人只是走過路過，少數幾個人停下腳步看幾眼就離去，只有極少數幾個人默默付幾枚硬幣後離開。說白了，就是生意很差。

曾經有某位二手書店評論家說我的店「姑且不論選書太偏食，問題在於缺乏統一感」。只收購自己認為有價值的書，就會變成這樣的結果。也就是說，我喜歡的書很偏，而且缺乏一貫性。但是對喜歡看書的人來說，書不就是這麼一回事嗎？

我五十二歲時辭去工作，開了這家二手書店，經營至今已經有十年。比我大五歲的妻子富貴子當時在高中教數學，目前已經退休，在功文數學教室當老師。她個性不會情緒化，做事喜歡動腦筋、有效率，而且很愛數學，和我的個性完全相反。

「辛苦了。」

我正在想富貴子的事，她就突然出現在我眼前，我大吃一驚。

「你可以去休息了，我幫你顧攤位。」

我想起她今天早上曾經對我說：「如果有空，我會去找你。」富貴子以前從來不會來幫我顧店，只有不時在中午為我送便當而已。

因為她對我的生意似乎沒有興趣，所以我完全不指望她，今天她是感到好奇，所以來看看嗎？

她背了一個小保冷箱，不發一語地打開拉鍊，拿出結冰的保冷劑交給我。我也默默接了過來，在手巾中換上新的保冷劑。小保冷箱內還有冰過的罐裝果汁。

「我也帶了水壺過來，你的冰茶已經喝完了吧？」

「謝謝，妳只要按標價賣就好，那我就先去休息一下。」

我接過水壺，拿了帶來的飯糰走出帳篷。雖然賢內助太太看起來很年輕，但畢竟六十七歲了，在今天這種酷熱的天氣，不能讓她獨自長時間照顧攤位，而且如果客人發問，她應該完全答不上來。我先去上了廁所，坐在參道旁的長椅上匆匆吃了飯糰喝了茶。

我怔怔地看著來往的人潮，不知道第幾次問自己：「這真的是正確的決定嗎？」

十年前，我說要辭去工作開二手書店時，富貴子只說了一句：「只要你喜歡就好。」雖然這麼說有點那個，但我那時候在公司擔任主管，收入相當不錯，所以完全沒想到她會一口答應，當時感到很驚訝。我對做生意一竅不通，打算經營絕對不可能創造豐厚利潤的二手書店，她竟然完全沒有阻止。富貴子的個性向來很乾脆，有點不知道她在想什麼，也可能她根本什麼都沒想。

我不能否認，的確是因為富貴子的工作很穩定，我才敢做那樣的決定。至今為止，雖然收支只能勉強平衡，但總算能夠維持這家店的經營，沒有給她添麻煩，但有時候忍不住想，如果當時我繼續在公司上班，就可以讓她的日子過得更輕鬆。

我是不是讓富貴子的日子變得不好過？她是不是後悔和我結婚？這樣的擔憂持續在內心萌生，但我從來沒有問過她。

休息之後回到會場，在中途的攤位看到了熟人。

「喔喔，是吉原兄啊。」他胖胖的臉上露出滿面笑容叫住了我。他是我在二手書店公會內交情很好的江田杉。

「原來你的攤位在這裡，生意還好嗎？」我問。

「差強人意啦。」他露出滿意的笑容。

看來並不是差強人意，而是生意興隆。我在內心自言自語，然後點了點頭說：「這樣啊。」

「吉原兄，我跟你說，我終於買到那個了。」

「那個是哪個？」

江田杉眉開眼笑，小聲回答說：

「就是那個啊，你不是也很想要嗎？……就是太宰啊。」

我瞪大了眼睛。

啊呀啊呀啊呀，難道是太宰治《晚年》的初版嗎？就是公會成員小宮山沒有競標到而懊惱不已的稀有品嗎？

「而且是附有腰帶的毛邊本，狀態非常好。」

「太厲害了，太厲害了，你花了多少錢？」

「——兩百萬！」

我嚇得發出驚叫聲，攤開雙手，江田杉很興奮，一臉得意的表情。我們這兩個大叔說得眉飛色舞時，聽到客人的叫聲：「不好意思。」「來了。」江田杉立刻很有精神地回答，我向他點了點頭，轉身離開了。

真羨慕啊，他竟然買到了《晚年》的初版，而且還是毛邊本。

毛邊本就是印張摺疊裝訂後，書口保留原紙張毛邊未經裁切整齊的書，讀者購買之後，閱讀時必須自己用裁紙刀裁開後才能閱讀，太別具匠心了。

《晚年》初版的毛邊本是極稀有品，小宮山沒有競標到的那本還有太宰的親筆簽名，我記得價格將近三百萬圓。

然而，對古書收藏家來說，這並不是很離譜的金額，有很多古書的交易金額甚至達到數千萬圓的高價。

我回到了自己的帳篷，富貴子坐在鐵管椅上，正拿著原子筆，在桌角做數獨。那是在正方形的網格中填入數字的遊戲。
「我回來了。」
「咦？你這麼快就回來了，你可以慢慢休息啊。」
「我剛才遇到公會的人，他花了兩百萬買了太宰的《晚年》初版。」
「是喔，今天在這裡有賣嗎？」
「怎麼可能在這裡賣？」我搖了搖頭。
「這樣啊。」富貴子用原子筆的筆尾抵著額頭，她似乎完全無法理解為什麼舊書會賣得這麼貴。
無論是小宮山還是江田杉，或許會把這種書放在店內展示，但絕對不會輕易出售。「占為己有」這件事讓他們感到驕傲，也感到高興。
「不賣給客人，只是在二手書商之間轉手有什麼意義？」
富貴子無奈地笑了起來。這種時候，我也常常覺得她是不是其實很討厭丈夫開二手書店。
既然她沒有向我說明，就代表我去休息的這段期間，完全沒有賣出一本書，因為太閒了，所以她開始做數獨。這裡只有一張椅子，我就讓富貴子坐著，我站在她旁邊，把快要掉落的價格標籤重新貼好。

這時，有一對像是大學生的年輕男女經過。他們牽著手，空著的另一隻手分別拿著扇子和保特瓶。他們應該是情侶。

男生猛然轉過身，驚叫起來：

「啊啊！海葵偵探……！」

他似乎看到了裝在最角落的一百圓箱子內的漫畫。放大的瞳孔，微張的嘴巴都透露出他的狂喜。

那個女生已經準備走向下一個攤位，被男生牽著的手拉了回來，轉過了頭。

「啊？海葵欸！」

女生笑得臉都皺了起來。男生把手上的扇子夾在另一側腋下，動作很不自然地把手伸向漫畫。即使發生天大的事，他也不會放開女朋友的手。我對這種莫名其妙的事感到佩服。

「喂，孝晴，你該不會想買？你不覺得畫得很可怕嗎？」

女生皺起眉頭說這句話的瞬間，名叫孝晴的他露出了好像不小心吃到了意外東西的表情，然後無力地呵呵笑著，把已經碰到漫畫的手縮了回去，重新拿起扇子。

他們兩個人轉身離開了，我不由自主地把那本漫畫從箱子裡拿了出來。

《海葵偵探》是三集就完結的漫畫，這裡只有第二集。

這套漫畫在二十年前發行，是作者音塚文初期針對少年讀者推出的作品。

這套漫畫並沒有什麼話題性，而且畫的圖也很稚拙、可怕。我記得音塚文在這套漫畫之後，還出過幾本，但之後就沒消沒息了。沒想到那個年輕人竟然知道他。

這套漫畫的主角是一位偵探，他的腦袋是海葵，身體是人類。雖然是搞笑漫畫，但故事情節很深奧，偶爾會讓人感動落淚。他是正義的化身，但也是一個敏感的男人，為自己身上帶著毒而感到痛苦。

這本漫畫就像孤兒，輾轉流落到我店裡。說句心裡話，我對這本漫畫並沒有太大的熱情，但我確信一定有讀者熱愛海葵偵探。

這個世界上有許多書，不，比許許多多更多的許多許多、許多許多許多的書，而且持續出版，又持續不斷地消失。

正因為這樣，我認為自己可以暫時保管這樣一本孤伶伶地留下的書，耐心等待正在尋尋覓覓這一本書的人。

「請問……」

聽到問話的聲音，內心激動起來，就好像有人在心裡拍手。

看吧，他果然來了。他揮汗如雨，氣喘吁吁。

「海葵偵探被人買走了嗎？」

是孝晴。他看到箱子裡沒有那本漫畫，一定很錯愕，用難過的聲音問我。我滿面笑容，把漫畫遞到他面前說：

「我為你收起來了。」

孝晴立刻雙眼發亮。

「啊啊，太感謝了！你知道我還會回來嗎？」

「這就是多年的直覺。」

孝晴從牛仔褲後方口袋裡拿出皮夾，遞給我一百圓。我發現他把扇子插在背後的腰上。

我把漫畫放進紙袋後交給他，他雙手接了過去。《海葵偵探》第二集就歸他了。

「我中學的時候，在公民館的回收架上看到這套漫畫的第一集，就是別人丟在那裡，歡迎隨便帶回家的那種書。我很好奇，帶回家一看，發現超有趣，很想把第二集以後也買回家，但因為是很久之前的漫畫，普通的書店根本找不到，我查了一下，發現已經絕版了。上了高中之後，總算在二手書店先買到了第三集，但之後踏破鐵鞋，也找不到第二集。」

「原來你找了這麼久，要找缺少的那一集比想像中更難。」

「太高興了，終於找齊了。我看完第一集後直接看第三集，突然冒出了小丑魚女警的角色，而且還變成了海葵偵探的太太，所以我太驚訝了，現在終於可以知道他們戀愛的過程了。」

孝晴興奮得幾乎要把漫畫貼在臉上。

「你女朋友呢？」

「她說要去廁所，所以我就趁這個空檔跑過來。」

原來是這樣。既然女生要去廁所，就沒辦法再一直牽著手。孝晴低下頭，好像自言自語般說：

「……因為她說很可怕，我不希望她覺得我品味很差。我和她的興趣、性格都完全不一樣，所以我努力配合她。」

剛才始終沒有說話的富貴子慢條斯理地說：

「不需要配合也沒關係啊。」

「啊？」孝晴抬起頭。富貴子繼續說：

「而且，即使喜歡的事或是興趣完全不同也沒關係，有時候個性不同，感情反而比較好。」

我驚訝地看著富貴子，孝晴也同時回答：「這樣啊，有道理，海葵和小丑魚也是不同的生物，也相互扶持，彌補對方的不足。」

孝晴在說話的同時用力點頭，舉起一隻手說：「那我走了！」然後跑走了，他的另一隻手緊緊抱著那本漫畫。

「今天第一次看到你賣二手書，我稍微有點瞭解了。」

富貴子喝了一口罐裝果汁說：

「我覺得那本書一直都知道孝晴會來找它，一直在這裡默默等他出現。」

「……嗯。」

沒錯。

不是只有我在等待，書也和我一起等待。富貴子發現了這件事，讓我感到欣喜萬分。想到孝晴會和那本漫畫一起度過多麼充實的時間，就感到心滿意足。我成功地為他們牽了線。

「老公，你的工作很棒。」

富貴子突然溫柔地說道，我忍不住流下了眼淚。

我完全沒有想到自己會流淚，慌忙拿起手巾角落，假裝在擦臉上的汗水。

不知道富貴子有沒有發現，還是故意假裝沒看到，她轉頭看向那堆書說：

「你當初說要辭職時，我鬆了一口氣。」

「啊？」

「而且你不是說要開二手書店嗎？我忍不住覺得，啊，真是太好了。你以前上班的時候壓力很大，整天悶悶不樂，很容易對人發脾氣，然後為這樣的自己感到沮喪。」

沒錯。即使踩在別人身上努力工作後做出了成果，仍然覺得那不是我要的，內心的嫉妒和傲慢讓我感到痛苦，就像為自己身體有毒而深陷痛苦的海葵偵探。

「……富貴子，妳沒有感到不安嗎？不會擔心錢的事？是否真的有辦法經營下去？」

「如果說完全不擔心，當然是騙人的，但你之前努力工作，家裡有些積蓄，而且我更擔心如果你繼續那樣下去，可能會出問題。雖然二手書店是我完全不瞭解的世界，但你活出自己的樣子有意思多了，我也是一直都按照自己喜歡的方式生活。」

這樣啊，原來是這樣。原來她當時這麼想。

不需要配合也沒關係。我想起富貴子剛才說的話。她的確從來不配合我，她向來守護自己的路，走自己的路，但也同時尊重我。

太好了，我沒有做錯決定。富貴子如此充滿關愛地守護我，我覺得此刻終於看到了自己人生中一直缺少的「第二集」。

我們四目相對，富貴子調皮地笑了笑說：

「而且比起以前，我更喜歡現在的你。」

嗚嗚。我差一點哭出來，再次用手巾捂住了臉。

我的工作太幸福了。

我身旁的小丑魚太可愛了。

「好熱，今天真的太熱了。」

我無法從臉上拿下手巾，只能一直重複這句話。

響徹紀之森的蟬鳴聲更大了，剛好淹沒我小聲的嗚咽。

9

# 三角洲的松樹下

（長月・京都）

我這輩子第一次交到的女朋友，只交往了短短一個月，就被對方甩了。

我從愛知縣僻遠小城鎮來到京都讀大學，在進大學的同時加入的活動社，認識了千景，我對她一見鍾情。

四月五月六月七月，我用各種方式追求她，屢戰屢敗，屢敗屢戰，她在八月初終於答應和我交往。我樂不可支，高興得忘乎所以，但歡樂並沒有持續太久，一個星期前，千景用LINE傳了「我們分手吧」的訊息，一切都畫上了句點。

活動社的內容，就是舉辦去KTV唱歌、打網球或是小旅行等各種讓大家開心玩樂的活動。今天一起去打完保齡球後，感到意猶未盡，想要續攤的七名成員一起來到了鴨川三角洲。鴨川三角洲就是Y字形的賀茂川和高野川會合點的三角洲。

我獨自坐在一棵松樹下。這棵松樹就在賀茂川旁，後方是出町橋。因為位在小山丘上，所以前方有石階，石階下繼續往前走有一片突出的區域，千景就在那裡。好幾個男生和女生都在那片鋪了石板的地方，我不知道他們在聊什麼，只聽到不時傳來大笑的聲音。

和社團成員談戀愛，無論交往或是分手，其他人馬上就知道了。即使我什麼都沒說，其他人似乎已經察覺了狀況，同情的眼神讓我很不自在。

一定有很多人搞不懂從京都首屈一指的女子貴族學校畢業的千景，為什麼會和我交往。不是只有千景而已，活動社的其他成員也都像貴族一樣氣質出眾。我在入學典禮時拿到活動社的廣告單，沒有搞清楚狀況就加入後，發現很多人都是從這所大學的附屬中學和高中直升上來，形成了自己的圈子，他們個個家境優渥，打扮入時，我這種土裡土氣，一看就知道是鄉下來的學生，和社團的氣氛格格不入。

既然這樣，我為什麼還厚著臉皮來參加社團活動？打完保齡球之後，仍然不回家，也跟著來到這裡？那是因為我抱著一絲希望，覺得只要在千景身邊打轉，搞不好可能有機會反敗為勝，雖然實際上只能像現在這樣遠遠地看著她。

九月中旬，傍晚五點的天空仍然很明亮。情侶在旁邊的長椅上你儂我儂，共話衷腸。河對岸的河堤上，有人在騎腳踏車，有人在慢跑。

一個外國男人拿著素描簿走了過來，坐在我對面高野川那一側的石牆上。他打算在這裡畫畫吧。我這麼想著，看著那個外國人，結果剛好對上了眼，他對我親切地笑了笑。我有點驚訝，也對他露出了僵硬的笑容。

「咦？孝晴。」

突然聽到有人叫我，抬頭一看，原來是我的同學實篤。他並沒有參加活動社，所以應該只是剛好來三角洲。他穿了一件很舊的扣領襯衫配運動褲，一如往常地亂穿衣服。

雖然他有著和文豪相同的嚴肅名字，但大家都在背後叫他「水桶」。因為他都用打掃時常用的、那種有握把的藍色塑膠水桶代替書包使用。課本、皮夾、手機、食物飲料、毛巾，還有我從來沒見過的動畫角色周邊商品，破舊的小開本詩集，反正他把所有的家當都丟在水桶裡。

「太棒了，剛好在這裡遇到你。我剛才看完了，正打算還給你，謝啦。」

實篤從水桶裡拿出一個紙袋交給我。那是我借給他的三本漫畫。雖然我並不意外，但看到他從有點髒的水桶裡拿出我珍藏的漫畫，心裡還是有點不舒服。

「你真的無論去哪裡都帶著水桶。」

雖然我說話時的語氣有點揶揄，但實篤完全不在意。

「嗯，因為無論要拿什麼東西，都可以馬上找到，太實用了，而且又很牢固，可以隨便放。這裡可以嗎？」

他在問是否可以坐在我旁邊。我猶豫了一下。因為我不希望社團的人覺得我和怪胎實篤交情很好，而且我和他之間的關係，也只是因為某些機緣，我借了漫畫給他而已。

實篤不等我回答，就把水桶放在樹下，在我旁邊坐了下來。他從水桶內拿出百事可樂，喝了一口後又放了回去。

雖然我不願意承認，但他的水桶看起來的確很好用。之前聽說他去聚餐時也帶著那個水桶，我忍不住笑了起來，但像今天這樣戶外活動時，似乎真的可以發揮作用。

「但其實並不是隨便什麼水桶都可以，我也有我的堅持。五公升的大小最合適，橢圓形的握把適合長時間拿在手上。」

「……這樣啊。」

「啊，但是上次沒發現有一隻椿象跑進去，可把我害慘了。」

我忍不住皺起眉頭，聞了聞裝了漫畫的紙袋。總算確認漫畫平安無事，正打算放進自己的背包時，實篤說：

「《海葵偵探》超好看。」

「對不對？」

我在點頭的同時忍不住想，八成是因為這本漫畫壞了事。我從紙袋內稍微拿出漫畫，看著封面，想起千景曾經說：「這個畫得很可怕。」

中元節去逛下鴨神社內舉行的二手書市集，終於找到了我多年來踏破鐵鞋也沒找到的第二集漫畫。我偷偷跑去買了，決定要藏起來，不讓千景發現，但終於買到的喜悅讓我忍不住拿出來給她看，然後對她說：「我還是買了。」我以為她會笑我，但她並沒有笑，露出一臉嚴肅的表情移開了視線，我慌忙換了她應該會高興的話題，但之後聊天就有一搭沒一搭。

上個星期，千景提出分手後我鬱鬱寡歡，在學生食堂看到實篤正在看漫畫。我不經意地看向他手上拿的漫畫，在封面上看到了音塚文的名字，忍不住大吃一驚。那是《海葵偵探》的作家，實篤正在看《憂鬱的香煎牛排》，我不知道這部作品。

於是我忍不住向平時很少聊天的實篤打了招呼。也許是因為傷心導致情緒不穩定，所以才會做出這樣的舉動，也因為這個原因，我們開始互借漫畫。

實篤借我的《憂鬱的香煎牛排》上個月才剛出版。我原本以為音塚文已經不再畫漫畫，仔細調查之後，發現他目前接少許插圖和設計的工作，也在小眾的娛樂雜誌連載四格漫畫，《憂鬱的香煎牛排》就是將這些連載的漫畫集結成冊。

「哇！」前方突然傳來叫聲。我看向三角洲前方，發現三個女生踩著飛石過河。

那裡有好幾塊大石頭，可以從三角洲前往岸邊。千景也蹦跳著，她從短褲下露出的白皙的腿落在烏龜形狀的大石頭上。

……她果然很可愛。我忍不住嘆氣。

她用 LINE 向我提出分手時，我懇求她告訴我，如果我有什麼不好的地方，我願意為她改正，她傳了一張表情一臉為難的貼圖，然後說「你並沒有什麼不好的地方」。雖然沒有不好，但也並不好，既不是圓圈，也不是叉，只是三角形，連及格分數都不到。

以前我們形影不離，手牽著手像連體嬰，但對現在的我來說，千景就像太陽和月亮那麼遙遠。我差一點落淚，忍不住抬起了頭。

「咦……？」

我抬頭看著天空，為了掩飾自己在哭，小聲嘟囔說：

「白天不是也可以看到月亮嗎？今天怎麼沒看到？」

「那當然啊，因為今天是滿月的日子。」

「啊？滿月就看不到了嗎？」

實篤靠在樹幹上，指著天空說：

「滿月在太陽的相反位置，所以在日落時從東邊升起，在日出時沉入西邊，所以無法在藍天中看到滿月，白天經常看到的是從中午左右開始升起的上弦月，就是右半側圓形的月亮。」

聽實篤說，左側的高野川是東方，右側的賀茂川位在西方。我不由得覺得實篤很帥，忍不住發出感嘆的聲音。

「你竟然連這種事都知道。」

「而且今天是中秋節，是滿月中的滿月。我今天來這裡，就是打算晚上在這裡賞月。」

實篤做好了久坐的準備，他的水桶裡裝了麵包、丸子、零食，還有新上市的雜誌。

「啊，這是音塚文嗎？」我指著雜誌問。

實篤興奮地回答：「沒錯沒錯！」

音塚文的《憂鬱的香煎牛排》四格漫畫就是在這本娛樂雜誌上連載。實篤每次都會看連載，但在集結成書上市之後，還特地去買，可見他多喜歡這部漫畫。實篤在翻雜誌時，歪著頭說：

「音塚文明明有像我這種熱心的書迷，為什麼他的作品賣不好？」

「嗯，」我停頓了一下，「雖然音塚文的四格漫畫也很有趣，但我認為他真正的長處在於故事情節的發展，有些對話深深打動人心，他不再畫長篇了嗎？我看了《海葵偵探》後，有很多地方讓我覺得這裡如果這樣安排會更好，這個地方很讚，應該更進一步強調，諸如此類的。」

「音塚文如果聽到你這麼說，一定會喜極而泣。孝晴，你畢業之後可以去當編輯。」

「不，不可能啦。出版社很難進去，更何況是漫畫編輯。」

「但還是有人在做這種工作啊，你也可以成為其中之一。」

那倒是。

老實說，我並不是沒有想過這個問題，而且我在報考這所大學之前，就已經調查過，這所大學的畢業生中，有人也在同時出版漫畫的大型出版社工作。

但是現在的我，已經完全失去了這種進取心，原因就在於「我不知道該怎麼努力」。如果求職活動只要考數學或是英文筆試，憑筆試成績決定是否錄取，我就會對未來充滿希望。

我就讀的大學是眾人眼中以高學歷著稱的名校，尤其在我老家那種鄉下小城鎮，只要能夠考上這所大學，就能夠讓人刮目相看。

我之前就讀的是升學高中，在高中時的努力方式很明確。為了達成考到錄取分數高的大學這個目標，可以從考試和成績單上的分數明確瞭解自己的優劣。我讀的是男校，幾乎沒有機會和女生說話，對制服以外的衣服也漠不關心，也從來不覺得需要這種東西。在按照成績排列的金字塔中，我總是位在頂端，無論在學校還是在親戚面前，大家都稱讚我「很厲害」，我聽了也很得意。

但是進入大學之後，我開始感到困惑。因為這裡的優劣或是好壞的標準並不是數學，而是更加感覺性的某些東西，我憑這種感覺認為自己一直都在三角形的底部。

等到大學畢業，踏上社會之後，這種情況應該也會永遠持續下去。我人生最燦爛的顛峰，應該就是高中一畢業就考上大學的那一刻，之後就一路走下坡。

越想要努力，就越不知道該怎麼努力。在戀愛方面，不知道該怎麼做；在服裝上不知道怎麼搭配；在聊天時，不知道怎樣的笑話能夠逗人發笑。我只知道一件事，就是我又土又窮，而且品味很差。

「咦？那些不是我們學校的人嗎？」

「嗯，是我們社團的人。」

「你不去那裡沒關係嗎？」

我低下了頭。

「……入學後，我努力了將近半年，為了避免被人看不起，我勉強在自己的服裝和日常用品方面模仿別人，但我和他們的起點就不一樣。他們從一出生開始，就位在三角形的頂點，他們的腦袋和環境都得天獨厚，足以讓他們進入這所大學，外表也很亮眼，家裡很有錢，待人處事圓滑周到。我一直都在底端，就好像目前所在的這個位置。」

橋是三角形的底邊，我就坐在橋的附近。

千景和其他同學在前方的石板上歡笑嬉戲。

實篤把手指放在下巴上說：

「嗯，你是說所謂的等級嗎？」

「嗯，差不多吧，我一輩子也不可能像他們一樣閃閃發光。」

實篤突然站了起來，直視著我說：

「那是因為你眼中只看到那裡。只要轉個身，世界就完全不一樣了。」

他繞著松樹轉了九十度，面對賀茂川停下了腳步。我在他的催促下，也站在他身旁。原本在背後的橋出現在右側，下方就是河流的深處。

「你看，只要看向這個方向，眼前就是三角形的頂點！」

……真的欸。

我忍不住笑了。這簡直就像在變魔術，令我感動不已。我腦袋內的三角形改變了方向，原本認定在底邊的自己站在三角地帶的上方，和剛才完全不一樣。

然後就突然覺得很多事都變得很無聊，只覺得在眼前潺潺流動的河水很舒服，緩緩晃動的水面很美。

「我認為每個人發光的場所和時機都不相同。」

聽到實篤這麼說，我轉了一圈，打量著三角洲。

上班族坐在河堤上專心看文庫本，大叔躺在草皮上睡午覺，一對父子在階梯上吹泡泡，然後我們在松樹下。三角洲的每一個區域都是具有不同風情的好地方，大家都享受著快樂的時光。我的腦袋突然清晰，就像解開了數學難題。

優劣是什麼？頂點和底邊又是什麼？既然無法用數字測量，那就更加無法比較哪裡最好。

我之所以害怕別人看不起我，是不是因為我之前在內心深處，曾經看不起成績比我差的同學？我根本無法想像他們累積了我所不瞭解的豐富經驗。

太陽漸漸下山。

白天還很熱，現在開始有點涼意。我突然看向社團成員，發現千景從飛石回到了岸上，隔著七分袖的襯衫搓著上手臂。

下一剎那，染了一頭棕色頭髮、姓藏本的男生脫下了自己的連帽外套，披在千景身上。千景動作自然地穿上了寬大的連帽外套，對藏本嫣然一笑。

啪滋。我頓時清醒。

……喔喔，搞什麼嘛，原來是這麼一回事。

海葵偵探並沒有錯。

千景早就已經找好了下一個目標。

我親眼看到這一幕，卻並沒有太受打擊。

之前和千景交往期間，我整天膽戰心驚，努力想成為配得上千景的人，為了一個和她在一起時，自信蕩然無存的對象使出渾身解數，把自己累得半死。

現在我終於瞭解，那並不是為自己發光而努力。

實篤放在松樹下的那個像滿月般的圓形水桶裝著他的世界。

我決定也要像他一樣，收集更多自己真正喜歡、真正重要的東西、想要瞭解的事物，然後取出來使用。即使無法立刻獲得別人的認同，也可以用在我自己認為舒服的場所，在我想要付諸行動的時機。

還沒有在我們面前露臉的月亮，現在也在不遠處悄悄蓄勢待發，準備上場。

原本在下方石板上的同學走上樓梯，一群人有說有笑地走了過來。我帶著平靜的心情看著他們。

「孝晴，你還不回家嗎？」

藏本經過我身旁時問。千景完全沒有看我一眼。她明知道我在這裡，但決定無視我的存在。

我明確回答說：

「嗯，我和實篤等一下還有重要的活動。」

「喔。」藏本興趣缺缺地應了一聲，開心地和其他人一起離開了。

我目送著千景離去的背影，第一次覺得雖然只有一個月，但她能夠答應和我交往，我已經很厲害了。

千景，謝謝妳。

我覺得自己終於能夠向在陽光下閃閃發亮的她說再見了。

太陽在被染成一片橙色的向晚河岸漸漸沉落。

我等待著月亮升起，興奮地思考著接下來該做的事。我要去很多地方，和很多人見面，累積很多經驗。也要看很多書，還要談戀愛。我的人生還沒有開始，之前為什麼會有人生好像已經結束的想法？

不知道音塚文會不會等我？等到我進入出版社，成為獨當一面的漫畫編輯。

一隻白鷺鷥飛向河對岸。

中秋圓月。

躲在藍天中的滿月會在即將來臨的美麗漆黑夜空中綻放光芒。

# 10

（神無月・京都）

# 袋鼠在等待

這種讓人有點心神不寧的甜蜜香氣，似乎來自名叫金桂的花。因為刺進鼻子的香氣很濃烈，我還以為是很大的花朵，沒想到種在民宅院子內的金桂是在樹枝上密集綻放、很小很小的橘色花朵。

據說每年進入十月，日本的大街小巷都飄散著這種香氣。京都也不例外，今天剛好是十月一日，像我這種太不在意時間的澳洲人，或許該稍微學習一下植物時鐘的正確性。

「馬克，這是你第一次看到金桂嗎？雪梨的確很少看到有人種這種樹。」

我的好朋友說。他是日本人，五十歲出頭，所以比我大十二歲左右。他看起來很溫和，和他在一起時心情很平靜，但有時候說話很犀利，是一個很有趣，也很刺激的人。

我聽別人都叫他「Master」，原本以為是因為他在澳洲的大學讀完碩士的緣故，但似乎另有原因，畢竟 master 這個字有很多意思，像是僱主、老闆、司儀，或是老師的意思，聽說他也是東京一家咖啡店的老闆。

「嗯，很好聞的味道。」
我回答後，Master微微歪著頭說：
「是啊，但也會有一絲惆悵的感覺。」
「是嗎？為什麼？」
「嗯，很難說明，但我認為很多日本人都會這樣。當金桂飄香，覺得『啊，秋天到了』，就會陷入感傷。」
我不會說日語，Master總是用流利的英文和我說話。他剛才說「很難說明」應該不是他不知道如何用英語說明，只是那種感情很難用言語表達，而我也的確搞不懂為什麼秋天來了，就會陷入感傷。
「而且，以前的廁所芳香劑都使用金桂的香味，所以也會有人想起以前的廁所感到很沮喪。」
「這樣啊，原來想到秋天和廁所，會讓日本人難過嗎？」
Master看到我越來越無法理解，噗哧一聲笑了起來。
「至於我個人，在我讀小學時，班上有一個叫茶子的女生，不知道為什麼，她經常會寫信給我。」

「嗯。」

「而且她每次都使用有金桂香氣的筆，那時候很流行這種文具，她在給我的信中都寫一些像是很想和袋鼠握手之類可愛的內容，我覺得這種想法很棒，就回信給她說，搞不好在澳洲真的可以，然後我們就一起查地圖和圖鑑，調查了有關澳洲的事。但小學生還是小孩子，我和她之間的關係也沒有下文，上了中學後就分開了，之後也沒再見過面。活到我這個年紀，每次聞到金桂的香氣，就會想到茶子。」

「這是最令人感傷的故事。」

「的確，如果說這也是我對澳洲產生興趣的起點，是不是很感人？因為茶子的關係，澳洲成為我非常喜愛的國家，現在還不時去那裡工作，只不過至今仍然沒有和袋鼠握過手。」

我和 Master 相視而笑。

我在雪梨從事室內裝潢工作，Master 從事空間設計，我們是多年的合作夥伴，在雪梨見過好幾次，我很高興能夠在他的母國和他一起享受閒聊的樂趣。

我九月中旬來京都出差，雖然只是幾天就可以結束的工作，但既然已經來到京都，我就請了休假，安排在京都逗留兩週。

京都是個好地方。我喜歡畫畫，所以在各處參觀的同時也畫了素描。平等院鳳凰堂、東福寺、鴨川三角洲、歷史悠久的街道……我充分享受了觀光和四處散步的樂趣，明天搭機回雪梨。

今天一整天都打算和 Master 在一起，他做很多不同的生意，除了老家京都和平時居住的東京以外，他經常前往日本國內各地和海外做生意。因為我在京都，所以他挪開了其他工作，在我回國前一天，我們終於見面了。

我和 Master 放慢腳步走在京都的街頭，金桂的香氣一直跟在我們身後，但在轉過古董店的街角後突然消失了。

「好，到了。」

我們來到一棟很時尚的綠色房子前。我們剛才在一家美味的日本餐廳吃完午餐，現在跟著Master來到他經營的畫廊。

他很喜歡我的畫，從幾年前開始，我有好幾幅畫都放在這個畫廊展示，但這是我第一次造訪。

推門進入後，白色接待櫃檯前的女性工作人員露出甜美的笑容向我們點頭示意。

這個畫廊呈細長型，雖然外觀看起來並不大，但走進之後，發現縱深很深，我覺得就像是Master這個人。

Master向女性工作人員簡單介紹了我，然後瞥了後方的展示空間，不知道問了什麼。因為他們用日語交談，所以我不知道他們具體的談話內容，但八成是在問：「客人的反應如何？」之類的問題。從工作人員臉上興奮的表情，可以知道狀況很順利。

櫃檯後方的牆上貼了一張大型海報，上面印了3D錯覺藝術畫，角落是「Teruya」的簽名。輝也。這個畫廊目前正在舉辦他的個展，有許多客人正在展示廳內聚精會神地參觀他的作品。

白襯衫的男人正在展示廳中間的牆邊和客人說話。我見過那個清新的笑容。他就是輝也。他去年參加紐約的藝術展得了獎，網路新聞報導也稱讚他的作品深受人們的喜愛。

Master 向來不會和已經走紅的藝術家合作，他很擅長發掘那些具有出色才華，卻遭到埋沒而沒沒無聞的人才。至今為止，曾經有好幾位畫家被 Master 相中之後終於嶄露頭角。

輝也也是其中之一。他在參加這個畫廊舉行的團體展之後，獲得多家媒體爭相報導，他也在更多地方發表作品，很快就名聲大噪。對他來說，在這裡舉辦個展有點像是「回娘家」。

「好厲害，我經常很納悶，你到底是怎麼發現畫家的才華？」

我環顧展示廳問道，Master 淡淡地回答：

「很簡單。不是看技術的好壞，而是看畫家有多少想畫的內容。」

然後他目不轉睛地注視著輝也說：

「我這個人沒有其他的，就只有眼光。」

他露出滿意的笑容。他對自己拋頭露面，受人稱讚沒有興趣，但是，當他挖掘人才開始綻放光芒，並獲得世人的認同，就會讓他感到高興和自豪。

「等一下再好好為你介紹輝也，樓上有會議區，我們去那裡喝咖啡。」

我在 Master 的催促下搭了電梯，二樓用隔板隔了幾個小隔間，分別放著品味高雅的桌椅。Master 走到最後方的窗邊，請我坐下後，對我說了聲：「等我一下。」然後又走了回去。

我的大型畫作掛在旁邊的牆壁上，看起來很有分量，感覺占據了最佳位置。那是我用壓克力顏料畫的雪梨植物園，我的婚禮派對就是在那裡舉行。我太太敦子是日本人，目前從事翻譯工作。我這次來京都時也曾邀她同行，只可惜她在日期上無法配合，她也感到很遺憾。

回想起來，Master並非只發掘藝術家而已。在那次的婚禮派對上認識Master後，敦子終於實現了多年來，一直希望成為譯者的夢想。Master為她介紹了出版社，她先接一些粗譯的工作，也就是翻譯出初稿，提供資深譯者進行推敲、潤飾，之後逐漸有機會接到一些大案子，最後鼓起勇氣，向出版社推薦了一本兒童文學作品，終於第一次在翻譯書的譯者欄內看到了自己的名字。她目前從事文學小說的翻譯工作，有時候也會去學校擔任講師。

Master用托盤端著咖啡走了過來。

「真希望敦子這次也一起來京都。」

他把杯子放在桌上時說，我回答說：

「是啊，但她說對目前工作忙不過來心存感激。她很想成為譯者，從十幾歲開始就持續應徵，但每次都無法過關，她說從來沒有想過竟然會藉由這種意外的方式，如願成為譯者，體會各種意想不到的經驗，讓她完全樂在其中。她很感激你，說這一切多虧了你。」

「那真是太好了。」Master 笑著回應，喝了一口咖啡說：

「我認為即使如願以償，也無法稱為實現夢想，像這樣讓事態的發展不斷超乎自己原本的預料，然後牢牢地把握機會，才能說是實現了夢想。」

也許是這樣。

我點了點頭，喝了一口咖啡。真好喝，不愧是咖啡店老闆泡的咖啡。

Master 在桌上抱著雙臂，喜孜孜地說：

「而且敦子能夠成為譯者並不是只有我一個人的功勞，因為有你，她才會認識我。」

「那倒是。」

我心滿意足地笑了。這樣想很開心。如果我也參與了敦子的夢想，那就太棒了。

Master 探出身體問：

「你們是怎麼認識的？」

「敦子有一個從中學時代就認識的筆友叫葛瑞絲，我是在她去雪梨找葛瑞絲時認識她的。」

「所以，葛瑞絲也有功勞。筆友這個名稱真令人懷念。」

敦子曾經告訴我，她在中學時參加了英語社，葛瑞絲的名字出現在顧問老師帶來的姊妹校徵求筆友的學生名單上。

我這麼告訴 Master，他開玩笑說：「那也要感謝那位顧問老師。」

然後故意誇張地握起雙手說：

「在此之前，還要感謝讓敦子和葛瑞絲所讀的中學成為姊妹學校的人……」

我大笑著回答：

「那就真的不知道是誰了！」

Master 也笑了起來，然後突然露出嚴肅的表情說：

「對啊，是不是不知道那是誰？但是那個人的確存在，只要追溯回去，就會發現牽起的手不計其數，只要其中一隻手鬆開，就無法有目前的結果。任何相遇都是素昧平生的人連續不斷地牽起手的結果。」

我被 Master 的這句話打動，忍不住看著他。他雙手捧著咖啡杯，緩緩繼續說道：

「但最棒的是，在遙遠的地方牽起手的那些人，完全不知道自己可能為其他地方的某個人帶來幸福。每個人只是努力做好自己的事，因此對素不相識的人產生影響，這實在是太棒了。」

我突然想起了完全不認識的茶子。

茶子寫信給 Master，說她想和袋鼠握手。Master 得知了她的心願，然後才開始瞭解澳洲這個地方。

也許茶子是牽起我和 Master 之間關係的第一雙手。

不，等一下。

按照 Master 的說法，首先必須感謝把他和茶子分在同一個班級的人……越想越覺得無窮無盡，沒有止境。

「第一雙手」並不存在。

從我們降臨人世的那一刻起，我們就握住了一雙雙連綿不絕牽起的手。

既然我們是借助陌生人的手才有今天，我們的手也一定幫助了陌生人，超越國境，超越時空。

雖然我不知道自己是否有像 Master 那樣的「眼光」，但是，我向他伸出右手說：

「我也有一雙可以和別人牽起的手。」

Master 露齒一笑，也向我伸出了右手。我帶著一種近似預感的祈禱和他握手。

希望他那雙溫暖的手的遠方，也有袋鼠的手。

# 11 (霜月・東京)

# 夢幻螳螂

雖然我知道放學後不可以在外面亂晃，但今天真的不能怪我。因為經過神社前時，在柵欄後方看到一隻超大、超驚人的螳螂。夏天的時候，去看隅田川的煙火時看到的螳螂也很大，但今天的螳螂應該更大。現在已經十一月，很少能見到可以讓我們感到興奮的昆蟲，就在這種時候，遇見了特大號的螳螂。

小優大聲叫著，衝上了神社入口的幾級階梯。我也興奮地跟了上去。瑠瑠叫著：「別管螳螂了啦。」但也跟在我身後，我們從幼稚園開始就是好朋友。

柵欄前種了一排杜鵑花，那隻大大的螳螂剛才抓住樹枝，但是我們伸長脖子找了半天，既沒有看到剛才那對亮晶晶的眼珠子，也沒有看到銳利的尖爪。

「牠跑去哪裡了？小拓，你剛才也看到了吧？」

小優彎下腰，用力搖晃著樹枝。我也睜大了眼睛，但那隻綠色的巨大螳螂像幻影一樣消失了。

瑠瑠看向神社的院落，有點得意地說：

「上個星期六，我就是來這裡慶祝七五三節。」

我五歲的時候，爸爸和媽媽也帶我來這個神社參拜，祈求神明保佑我健康長大，還穿了名叫「袴」，像裙子一樣的寬褲，而且剛好遇到一身相同打扮的小優，媽媽用手機幫我們拍了照。媽媽說：「小優和拓海都很帥。」拍了一張又一張，一直拍不停。

我問瑠瑠：

「女生上了小學之後，還過七五三節嗎？」

「嗯，三歲和七歲的時候都要過。穿上漂亮的紅色和服，頭髮也盤了起來，我還特地為了盤頭髮把頭髮留長呢。」

把頭髮「盤」起來是什麼意思？我正打算問瑠瑠，小優抬起頭問我：

「那是闊腹螳螂吧？」

我搖了搖頭說：

「不，那絕對是枯葉大刀螳螂。」

小優聽了我的回答，一臉難以接受，再度把頭探進杜鵑樹。瑠瑠表情一臉感到無聊，突然看向我的書包說：

「小拓，你的營養午餐袋好可愛。」

瑠瑠指著我掛在書包旁的束口袋說。束口袋內裝著吃營養午餐時，鋪在桌上的餐巾和擦嘴的小毛巾，每個人都可以帶自己喜歡的袋子。上個星期，我把午餐袋放在桌子上時，不小心打翻了葡萄汁，然後洗不乾淨了，所以剛換了新的午餐袋。

明亮的水藍色布上，有我最愛的飛機徽章布貼，後方還用白線繡了一道飛機雲。我也很喜歡這個午餐袋。

「嗯，這是華慧阿姨為我做的。」

我媽媽每天都出門上班，爸爸在家裡畫畫。從我出生之後，就一直是爸爸負責煮飯、洗衣服和打掃家裡。

但是，爸爸從一年前開始經常「出差」。因為爸爸的畫在很遠的地方展示，很多人都去看爸爸的畫。雖然我不懂英文，但知道畫的角落寫的

「Teruya」就是爸爸的名字「輝也」。有很多人喜歡爸爸的畫，爸爸要出門去和工作上的朋友見面，別人也會邀請爸爸去說話，所以爸爸不在家的日子越來越多。

於是，華慧阿姨就出現在我們家。

爸爸和媽媽都很忙的時候，她和我一起吃飯，陪我玩，也會輔導我寫功課。她的手很巧，我的營養午餐袋也是她做的，她說「因為家裡有用不到的剩布」，就做了送給我。

「華慧阿姨？喔，就是有時候陪你一起去游泳教室的人嗎？」

「嗯。」

沒錯，我上小學後開始學游泳，華慧阿姨也會接送我。瑠瑠也在那個教室學游泳，所以應該見過華慧阿姨幾次，可能只是打過招呼，但並沒有聊過天。

華慧阿姨比媽媽的年紀大很多歲，但比奶奶小很多歲，她很久之前曾經對我說，她的兒子讀高中了。

「華慧阿姨是誰？你們家的親戚嗎？」

瑠瑠總是有很多問題，我答不上來，拚命思考起來。

嗯，她是保母？我記得爸爸一開始這麼對我說，但是之後就一直叫她「華慧阿姨」，所以對我來說，華慧阿姨就是華慧阿姨。

我結結巴巴地回答：

「她……不是我家的親戚。」

「她不是家人，也不是親戚，卻會抱抱嗎？」

抱我？

我沒有馬上聽懂瑠瑠在說什麼，想了一下後才想到，她在說上個星期在游泳教室發生的事。

我並不討厭游泳，但不太會游，一直學不會自由式的換氣，吃了不少苦頭，所以我刻苦練習，終於慢慢掌握了訣竅，上個星期，終於能夠游完二十五公尺，我超高興。

那天上完游泳課，我換好衣服後，華慧阿姨啪答啪答跑了過來，用力抱緊我說：

「小拓，你很努力，你努力終於有回報了。」

華慧阿姨臉上帶著笑容，眼淚卻流了下來。她好像在參觀室的玻璃窗前一直看著我。

那天晚上，媽媽比爸爸更早回到家，華慧阿姨比手畫腳地把我的情況告訴媽媽，而且又笑著流淚了，連媽媽也哭了，我雖然有點害羞，但很高興。

華慧阿姨雖然不是我家的親戚，也不是家人，那天她和媽媽一起喝完茶之後，就回自己家了。

雖然我不知道瑠瑠說的那一次算不算抱抱，但自從我讀幼稚園大班時認識華慧阿姨之後，她用力抱我，或是和我一起躺在被子裡睡覺，我一點都不覺得有什麼奇怪。

但是，看到瑠瑠一臉納悶的樣子，我突然有點不安。這樣會不會很奇怪？我什麼話都說不出，把頭轉到一旁。

這時，聽到了有人踩在泥土上走路的沙沙聲，一個身穿藍色像和服一樣的衣服的叔叔走了過來，手上拿著竹掃帚。

「啊，是宮司叔叔！」

小優飛奔過去。我記得小優曾經說，他經常跟著媽媽來這裡。我也在七五三節參拜和新年參拜時，看過這位宮司叔叔，他圓圓的臉上露出笑容，看著我們問：

「啊喲啊喲，杜鵑樹上有什麼嗎？」

「剛才有很大的螳螂。」

「是喔，螳螂啊，原來十一月還有螳螂。」

瑠瑠縮著腦袋說：

「但是可能看錯了，因為找了很久也沒找到。」

「真的有啊，我和小拓都看到了。」

小優生氣地說，撥開杜鵑樹叢走進去，然後突然大叫一聲：「啊！」

「找到了？」

我也探頭看向小優的手。

「不是，雖然沒有找到螳螂，但你看這個。」

小優食指指的地方，是一坨淡棕色的東西黏在樹枝上。那是螳螂的卵。

「你們看到的螳螂剛才產下了這些卵嗎？」

瑠瑠也忍不住瞪大了眼睛。小優仍然看著螳螂卵，激動地回答說：

「已經乾掉了，所以應該是之前產的卵。剛產的卵會更蓬鬆。」

「所以是母螳螂擔心這些卵，回來看一看。」

瑠瑠雙手摸著臉頰說。

「嗯，」小優歪著頭說：「會有這種事嗎？螳螂產下卵之後，就會去其他地方。」

「是嗎？那誰來照顧？」

瑠瑠驚訝地問，我們三個人你看著我，我看著你，都答不上來。

螳螂寶寶從螳螂卵出生後，既沒有爸爸，也沒有媽媽照顧。我突然感到有點難過。

宮司叔叔在我們身旁蹲了下來，然後緩緩地說：

「大家一起養育照顧啊。」

宮司叔叔溫柔的臉在和我們相同的高度。

瑠瑠第一個發問：

「大家是誰啊？」

宮司叔叔有點故弄玄虛地笑了笑說：

「大家就是大家啊。」

我絞盡腦汁思考著。到底是誰照顧螳螂寶寶長大呢？

宮司一字一句地仔細向我們說分明。

「螳螂寶寶，還有那裡的杜鵑樹，還有你們也都一樣，所有的生命都一樣，不只有爸爸和媽媽，還要靠大家、所有人才能長大。」

宮司叔叔蹲在那裡，抬頭看著天空。某種感覺在我內心不斷湧現，忍不住打量周圍。

太陽、雲和風。

樹木、花草、飛鳥、昆蟲……

「我現在仍然得到大家的養育照顧，大家當然也包括你們。」

小優驚叫起來：

「宮司叔叔，我也在養育照顧你嗎？」

「對啊。」

「我搞不懂。」

小優用拳頭抵著頭，骨碌碌地轉動著眼珠子。宮司叔叔站了起來，快活地搖晃著身體笑了起來。

宮司叔叔說的話就像是高難度的謎語，雖然我不是很懂，但是有一點，只是有一點點覺得，好像和我平時的感覺很相近。

自從華慧阿姨來家裡之後，爸爸可以畫很多畫，看起來心情很好。媽媽下班回到家，明明已經累了，但露出安心的表情和華慧阿姨聊天。我看了感到很高興。所以我覺得華慧阿姨緊緊抱著我，和我因為這件事感到高興一點都不奇怪。我終於能夠這麼相信。

我用力深呼吸後，再次環顧周圍。

養育照顧我的一切。

太陽、雲和風。

樹木、花草、飛鳥和昆蟲……

爸爸、媽媽、華慧阿姨。

爺爺、奶奶。

小優、瑠瑠和宮司叔叔。

學校的老師、班上的同學、游泳教室的教練……

有許許多多的人，數也數不清。

還有召喚我來這裡的螳螂，所有的一切都養育照顧我長大。

12

（師走・東京）

# 吉日

看向窗外，發現向晚的街道飄起了雪。

放在店門口的聖誕樹上的小燈不停閃爍，預告著歲末的到來。

時序進入十二月後，變得比之前更忙了。這是值得高興的事，我必須更加努力。

我拉了拉和服的衣襟。

這家老字號茶葉批發行福居堂的東京分店，位在商業街大樓的一樓，面向大馬路，但店面並不大。

「我還要之前買過的這種抹茶。」

熟客朝美太太出示了五十公克裝抹茶盒子對我說。她是在附近的廣告代理商任職的職業婦女，她說剛做完簡報，在回公司前先來這裡。

「妳似乎很喜歡這種抹茶，真是太高興了。」

我向她微微鞠躬，然後走進收銀台，出現在我對面的朝美太太說：

「我愛上了你教我的搖搖杯抹茶，公司的很多女同事也都說很讚。」

「對，有好幾位客人說妳介紹她們來這裡。」

這是只要把抹茶和水放進保溫杯中充分搖晃，就可以輕鬆享受抹茶的方法，也可以加熱水喝熱抹茶。朝美太太拿出皮夾說：

「這種方法很簡單，就連向來怕麻煩的我也會做，而且也有助於美容，簡直太棒了。吉平，你之前不是說，加一點蜂蜜也很好喝嗎？我加了蜂蜜後給拓海喝，他也喝得不亦樂乎。」

拓海是朝美太太的兒子，我記得他今年七歲。小學生也能夠輕鬆享受抹茶的樂趣，是茶行莫大的幸福。

「謝謝。」

我為朝美太太結完帳，把商品交給她，深深鞠了一躬。每次看到客人高興，就會感到很滿足。想到我用自己的方式把茶的優點傳達給客人，就感到很欣慰。

今年即將結束，這一年應該是我至今為止的人生中最充實的一年。

我把手輕輕放在領口。我的胸前放了重要的東西，那是我的「護身符」，從這家店開幕的那一天開始，不斷激勵我，讓我心情保持平靜。在這個充滿未知的世界，發生了很多從來沒有遇到過的狀況，這個「護身符」一次又一次救了我。

我從懂事的時候開始，都一直隨遇而安，一直以為這一輩子，所看到的一切和我自己都不會有太大的改變。

直到那一天，她推開虛掩的門走進來。

◆

「吉平，我決定把東京分店交給你。」

我無法用言語表達聽到父親對我說這句話時，內心所感受到的驚愕。那剛好是一年前歲末最忙碌的時期，父親突然這麼對我說。

福居堂從兩百年前就在京都開業，是包辦從生產到銷售的茶葉批發行。

我們家族連續好幾代經營這家茶葉批發行，身為家裡的獨生子，我從來不懷疑自己以後會繼承這家店，一輩子在京都生活。

東京分店將在四月開張營業，開分店的相關事宜都完全交給員工豐島處理。豐島四十多歲，是父親最信賴的男性員工。事態的發展太震撼，我大驚失色，即使平時很少大聲說話，仍然忍不住大聲問：

「分店交給我？我為什麼要去東京？豐島呢？」

我接連發問，父親厲聲回答：「豐島有豐島的人生。」

豐島的太太懷孕了。他們夫妻原本已經對生兒育女不抱希望，沒想到有意外的幸福降臨。豐島認為在這種情況下去陌生的城市生活，會對妻子造成壓力，所以希望妻子懷孕期間和生完孩子後，全家繼續在熟悉的京都生活。

「這是喜事，要祝福他們。」

喜事。這當然是喜事。但是。

等一下，我也有我的人生。

我從來沒想過要離開京都。說句心裡話，我對茶葉批發行沒有太大的熱情，只是並不認為是苦差事。即使讀書時的成績不太好，也覺得無所謂，而且覺得只要能夠混一張大學文憑就好，所以也只是隨便亂選了一個，畢業後也完全不需要找工作。只要不惹出什麼麻煩，一輩子都可以安安穩穩過日子。

沒想到三十歲後，竟然要我挑戰新的事物，簡直太恐怖了。東京的生活腳步很快，而且對我而言是個陌生的地方，我可沒有在那裡當店長的本事。

「過完年後，茶葉協會剛好在東京有一場聚會，你代替我去出席。」父親不由分說地下達了「指令」，我完全無法反抗。因為我根本找不到任何具有說服力的理由拒絕。

我在東京有朋友，我們兩家人的交情很好。

那位大叔是京都一家畫廊的老闆，在東京除了做設計相關的工作以外，還開了一家咖啡店，做很多不同的生意，大家都叫他 Master。

茶葉協會的聚會安排在星期天下午，一個星期前，接到 Master 的電話，他說向我拜年，並且提議：「你參加完聚會，我們一起吃晚餐。」似乎是我父親向他打了招呼。他笑著說，不管怎麼說，你爸爸還是很擔心你。

我原本打算在聚會的那一天住飯店，隔天早晨就回京都，但 Master 向我提出了一個提議。

星期一是他經營的「大理石咖啡店」的公休日，他問我想不想做一件有趣的事，他打算舉辦一日限定的「抹茶咖啡店」。雖然我並不太感興趣，只回答說：「真不錯啊。」沒想到 Master 立刻聯絡了和福居堂也很熟的「橋野屋」，請和菓子店老闆的女兒光都送和菓子到他的咖啡店。

因為那天是咖啡店公休的日子，而且也沒有宣傳，所以幾乎沒什麼客人來參加那天的活動，只有一對不到四十歲的夫婦剛好經過，靜靜地坐下來聊天。

我見到了久違的光都，她說還有工作，於是就先離開了，正當我用力伸懶腰時，Master 突然站了起來。

然後，他走去門口，稍微打開門，不知道和誰說話。他前一刻坐在吧檯前，背對著門口，我很佩服他竟然能夠察覺到門口有客人。他向來具備這種有點像是神奇天線的東西。Master 和那個人聊完之後，然後轉過身。

就在這時，一名女性客人推開虛掩的門走了進來。

她巴掌大的白皙臉蛋被紅色格子圍巾遮住了一半，一雙水汪汪的大眼睛。外面可能很冷，她的鼻子有點紅。

……太萌了。

我發自內心這麼認為。萌就是可愛的意思。

我很怕和女人說話。尤其是年輕女生。

其實也不是怕，只是和女人說話會讓我感到超害羞。我絕對不敢看對方的眼睛，一直以來，只要有女生看著我，或是主動和我說話，我就手足無措，結果就表現出非常冷淡的態度，於是經常被女生說我很冷漠、很跩、一臉兇相。我這張看起來很兇的臉是天生的，那不能怪我。

因為經歷了多次這種經驗，所以即使有女生主動接近我，我也會很緊張地覺得「反正最後還是會覺得我這個人很討厭」，於是我的反應也會很冷淡。即使內心有好感，我也不知道該如何表達，每次都讓女生嫌棄。

我已經放棄主動接近女生。即使想和對方交朋友，我這種性格成事不足，敗事有餘。京都的總店很少有年輕女客人，所以很輕鬆，但在東京開店，或許該做好心理準備。

「歡迎光臨。」

我把裝了水的杯子放在桌上，把用厚紙做的簡易飲料單遞給她。飲料單上只有濃茶和薄茶這兩種飲料，都附有和菓子。

「請問只有這兩種嗎？」她不知所措地問，我只能回答：「是。」

原本以為她會深入追問，但她突然抬起頭說：

「那我要濃茶。」

慘了。因為事出突然，不小心和她對上了眼。我感到極度害羞，立刻把頭轉到一旁確認：「濃茶嗎？」然後急忙走回吧檯。

我到底在慌張什麼？她只是來參加一日限定活動的客人，以後根本不會再見面了。

我陷入了自我厭惡，在吧檯內點茶。不，她點的是「濃茶」，因為抹茶分量較多，水分較少，所以不是輕刷的「點茶」，而是「練茶」。

既然她不是點大部分人會點的薄茶，而是選擇帶有苦味的濃茶，也許她精通茶道，還是根本一無所知？我把濃茶放在托盤上，配上寒牡丹的練切和菓子送了過去。她正在和 Master 閒聊，可能因為身體暖和起來的關係，臉上的表情也放鬆了。

但是當她喝了一口茶，立刻「噗呃」一聲，把臉皺成一團。看來她不是行家，而是從來沒喝過濃茶。不習慣喝濃茶的人恐怕很難接受這種味道。

她會向我抗議太難喝嗎？我閃過這個念頭。她也可能把整碗茶都留下。

我正想問她要不要為她加熱水，但把話吞了下去。因為看到她勇敢挑戰的身影，覺得問這種話太不解風情。

這時，放在吧檯角落的手機響了。是父親打電話給我。我在年底時剛換了智慧型手機，不知道該怎麼接起電話，她告訴我接電話的方式。我在她的協助下總算接起了電話，強烈的尷尬淹沒了內心的害羞。

我深深覺得智慧型手機很難用。體積又大，我很不喜歡碰觸螢幕，而且還整天需要更新，簡直煩死人。有時候根據手機的指示更新後，應用程式反而更不順暢。我忍不住向 Master 抱怨，她直視著我說：

「智慧型手機從頭到尾就是未完成品。」

我大吃一驚。

從頭到尾就是未完成品。我直覺地認為，她好像不是在說機械，而是在說人。

她說她的工作就是賣手機，然後很熱血地告訴我們。

手機界隨時都在變動，為了適應持續變化的環境，手機也需要隨時有一些小幅度的變動。有時候的確會因為更新反而產生問題，但從長遠的眼光來看，手機本身就是在經歷一次又一次這樣的失敗後逐漸改良……

「即使不必換新機，也可以挑戰新的功能，可以發揮更多作用，我認為這是一件很棒的事。」

她的雙眼炯炯有神。雖然她只是表達對智慧型手機的熱愛，雖然我明知道是這樣，但總覺得好像在說我。

自從父親魯莽地強迫我接下完全不適合我的工作後，我一直為此悶悶不樂。我認為自己就是這種性格，根本無法改變，所以堅持己見。但是她剛才那番話，似乎在鼓勵我在持續變化的環境中，必須逐漸小幅度改變自己，就可以拓展自己的世界。她對工作的態度打動了我，我對茶行和對茶都完全沒有像她那樣的熱情，我突然為此羞愧萬分。

「……請問妳要試一下薄的嗎？」

我情不自禁問她。我想藉此表達感謝，但也可能是希望她多坐一會兒。

在Master的指示下，我在她面前點茶。我從小到大練習了無數次，比任何人更有經驗，我只有這件事上有資格教別人。

稍微聊幾句後，我很自然地露出了笑容，也稍微能夠看著她說話，連我自己都大吃一驚。向來都張牙舞爪的害羞，也好像被手感很好的棉花包了起來。我很高興。即使只是僅此一次的邂逅。

時序進入二月，我決定了自己住的房子後，再度來到東京。

Master說，可以和他討論分店內部裝潢的事，所以我和房屋仲介見面後，和他約在大理石咖啡店見面。

我在約定的四點走進了大理石咖啡店。

Master不在店內，腰上繫著圍裙的年輕人笑著對我說：「歡迎光臨。」

他應該就是Master曾經向我提過的店長阿航。他整個人散發的清爽感覺簡直就是服務業的楷模，我很想向他取經。

咖啡店內沒什麼客人，剛好有一對老夫婦要結帳。阿航在吧檯旁的收銀台前接待他們。

後方靠窗邊的座位似乎有人坐，客人可能剛好離席，桌上放著杯子和書。

看到椅背上的圍巾，我忍不住停下了腳步。

這條圍巾……

我想起在「抹茶咖啡店」那天，點了濃茶的那個女生。紅色格子圍巾。這個圖案很常見，偌大的東京，有不計其數的人，不可能有這樣的巧合。然而，這裡是我當初遇見她的大理石咖啡店。

我的心跳加速。不會吧？

我忍不住在旁邊的餐桌旁坐了下來，阿航為那對老夫婦結完帳後，用托盤端水送了上來。我點了熱咖啡，緊張地等待隔壁那桌的客人出現。我的手心冒汗，忍不住用力握住了拳頭。

門打開了。

是一頭栗色長髮的女生，手上拿著手機。她應該去外面講完電話走回來。她和阿航互看了一眼，露出一絲柔和的笑容。她看起來像是熟客，毫不猶豫在我旁邊的靠窗座位坐了下來。

……搞什麼嘛。原來我想錯了。

那條紅色格子圍巾只是很像而已，而且我對自己是否明確記得圖案也沒把握。我情不自禁嘆了一口氣，然後發現自己竟然為不是她而感到失望，這件事反而讓我手足無措。這種心裡好像破了一個洞的感情到底是怎麼回事？

栗色長髮女生一臉納悶地看著我，可能因為我目不轉睛地看著她的圍巾。這種行為簡直就像變態，我慌忙解釋說：

「不好意思，因為和我朋友的圍巾很像，我原本還以為是她的。」

「喔喔。」女人露出柔和的笑容。
她和我的年紀相近，杯子內似乎是可可亞。她那頭栗色的頭髮真漂亮。
「有時候真的會發生這種美麗的巧合。」
栗色小姐說完，從托特包裡拿出了信紙和信封。
咖啡送了上來。一放在桌上，立刻聞到了濃郁的香氣，我終於鬆了一口氣。
「……原本還以為特別有緣分。」
連我自己都搞不懂是在自言自語，還是對栗色小姐說話。兩者都無所謂，雖然這很不像不擅長和女生打交道的我會做的事，也許是因為東京這個城市讓我做出這樣的行為。栗色小姐平靜地說：
「看來你很想見到她。」
她的話令我一驚。

這樣啊，原來是這樣。心跳加速、手心冒汗，身體已經這麼告訴我了，只是因為我以前從來不曾有過這種感情，所以沒有察覺。

我重新打量栗色小姐，發現她正用鋼筆在質地很薄的信紙上寫信，我瞥到了深藍色墨水寫的流暢草寫體英文。她用英文寫給國外的朋友嗎？太帥氣了。

「我像這樣和一位好朋友通信已經超過十年了，收到的信已經裝了好幾個紙箱，我相信她家的紙箱數量也和我不相上下，真的很多很多。」

「已經寫了十年的信嗎？好厲害。」

栗色小姐突然聊起自己的事，我有點不知所措，但還是附和著。她把寫了一半的信紙翻了過去，撕下後面那張空白的信紙。

「但是每一張信紙都這麼薄。」

她目不轉睛地盯著薄薄的航空信紙。

「我認為緣分很脆弱，只要其中一方不珍惜，一下子就被撕碎了。交談的每一句話、努力擠出時間見面、在見面時展現的體貼……必須細心呵護才能維持。雖然我們的國籍和母語不同，但從這一張張信紙逐漸累積起來的龐大數量，才能夠讓我們的交情持續這麼長久的時間。」

栗色小姐露出毅然的眼神看著我，我忍不住移開視線，然後向她請教：

「但是……如果找不到最初的那一頁信紙該怎麼辦？」

也就是說，如果不知道我想見的人身在何方，根本沒有談話的機會時該怎麼辦？

栗色小姐的長睫毛眨了幾下，嫣然一笑對我說：

「我相信，只要成為在她面前也能為自己感到自豪的人，就一定可以再相見。」

那次在抹茶咖啡店時，她津津有味地喝了我為她刷的薄茶。每次想起她當時舒暢的表情，內心就會像打開蓋子一樣，湧起一股溫暖。

我想要提供能夠讓人覺得好喝的茶，讓人能夠享受品嘗的時光。也許我也可以做到。正因為是全新的空間，或許有我可以發揮的地方。我開始產生這種強烈的想法。

這麼一想，就發現在開店之前，有很多事必須處理。

我必須重新認真學習「茶」，原本以為只要向客人說明，能夠為客人結帳就沒問題，但現在才發現無論在接待客人或是經營方面，我都無法勝任店長的工作。

我拜託豐島，請他傳授相關知識。他有點驚訝，然後笑著說：「太高興了。」他以前都和我保持距離……不，並不是這樣，我現在才終於發現，是我以前總是和別人保持距離。

豐島有時候會告訴我，他太太和肚子裡孩子的情況。他太太的孕吐終於結束，肚子裡的孩子是兒子。雖然豐島的兒子和我完全沒有關係，但如果他不是在這個時間點出生，我的人生應該也會完全不一樣。這麼一想，就感到很不可思議。

也許是我得到了祝福，得到某種巨大力量的祝福。

這家分店的外觀和內部裝潢幾乎都由豐島一手包辦，幾乎就是總店的縮小版。

但由於店面的面積大幅縮小，而且周圍的氣氛也完全不同。和有許多熟客的總店不同，東京應該有很多人第一次聽說福居堂。

豐島說，最大的問題是如何吸引客人走進講究規矩的日本茶店。

我拿著茶碗，皺著眉頭思考這個問題時，想起了在抹茶咖啡店刷薄茶時的事。當我說「像在寫Ｍ一樣」時，我記得她當時問了我一個問題。

……在還不知道英文字母的時候，要怎麼說明？像是千利休他們是怎麼說明的？

想起她當時的表情，頓時感到心情平靜。她竟然想到千利休。

「像在寫Ｍ一樣」是在刷抹茶時經常使用的說法，可能是因為這種表達方式最容易理解，但的確必須在英文字母傳入日本，每個人都認識英文字母，才能夠用這種方式說明。

原來茶道的世界也配合人們的生活持續「更新」……

我深有感慨地看著茶碗時，突然靈機一動。

如果在販賣方式上發揮巧思，更能夠融入大家的日常生活，就可以讓更多人輕鬆享受日本茶的樂趣。

這家小店位在辦公街，忙碌的上班族每天都會經過，既然這樣，就和注重日本傳統嚴謹氣氛的京都總店走不同的路線，門面和內部裝潢要更明亮簡潔，更容易吸引客人上門。

在尊重高級商品的同時，積極推廣用不同方式品嘗日常喝的茶……也可以同時陳列一些價格合理的可愛茶具，以及適合搭配日本茶的西點，在日常生活中將日式風格和西洋風格進行完美結合。

我想到這個主意後坐立難安，立刻和豐島討論，他大力贊成我的提議。我們興奮地一起寫了企劃書，隔天就去向父親報告。父親不發一語聽完之後，靜靜地說了一句話：

「這是你的店，好好加油。」

之後，我廢寢忘食地為開店做準備工作。

當然遇到很多挫折，這種時候，我都會想起她說的話。在挑戰新事物時，有時候會發生問題，但多次失敗後，就能夠逐漸改良。當我學會一件又一件新的事之後，我感受到以前從來不曾體會、任何事都難以取代的歡愉。

之前對這家店只有不滿和恐懼，如今希望不斷膨脹，責任感也越來越強烈。

我持續在小幅度改變，這件事千真萬確。

東京分店終於開幕了。

我環顧著眾人齊心協力打造的店內，忍不住有一個夢想。

希望有朝一日。

希望有朝一日，她能夠發現這家店……或是偶然走進這家店。
希望在那個良辰吉日之前，我能夠成為在她面前為自己感到自豪的人。

十點是開始營業的時間。
和幾名工作人員稍微開會討論後，拿下了「準備中」的牌子。
我很緊張，但也有一種自己獲得了成長的興奮，這種感覺讓現在的我感到舒服。

喀噹。入口響起了聲音。這麼早就迎接了值得紀念的第一位客人。
我轉身看向那個方向，在下一剎那，屏住了呼吸。

一雙露出害羞眼神的大眼睛，從微微推開的門向店內張望。
是她。

我目瞪口呆站在那裡，她靜悄悄地走進來。

我該說的第一句話只有四個字。我腹部用力，擠出這句話，努力傳達給她。

「歡迎光臨。」

歡迎妳來這裡。我終於——

等到了。

「終於等到了。」

她分毫不差地說出了我的心聲。

終於等到了？明明是我終於等到了她。

我驚訝地愣在原地，她緩緩走向我。我心跳加速，好像警鐘在敲響。

「我聽 Master 說，福居堂要在東京開分店，我上網查了之後，就一直在等待這一天。因為……我想把這個還給你。」

她握緊的手伸向我。

她的手上握著那一天，她哭的時候，我遞給她的手巾。

「我相信一定可以再見到你，我把它當成護身符帶在身上。」

她輕輕笑了起來。溫柔酥麻的感覺貫穿了我的全身。

藍布的角落用白線繡了我名字中的一個字。

用細細的白線一針一針縫出「吉」這個字。美麗而脆弱的每一針逐漸累積，形成了這個字。

她小心翼翼地呵護我們之間最初的「一頁」，而且順利交到我手上。

接下來輪到我了。

我也伸出手，接過了手巾。

「謝謝妳，接下來換我好好守護它。」

我把手巾放進懷裡，直視著她的雙眼。
兩個人的笑容點擊了彼此，我們從此刻開始更新。

國家圖書館出版品預行編目資料

月曜日的抹茶咖啡店/青山美智子著；王蘊潔譯. -- 初版. -- 臺北市：皇冠文化出版有限公司, 2022.11
面；公分. --（皇冠叢書；第5055種）（大賞；142）
譯自：月曜日の抹茶カフェ

ISBN 978-957-33-3949-6（平裝）

861.57　　111015815

皇冠叢書第5055種
大賞｜142

# 月曜日的抹茶咖啡店

月曜日の抹茶カフェ



作　者—青山美智子
譯　者—王蘊潔
發 行 人—平　雲
出版發行—皇冠文化出版有限公司
台北市敦化北路120巷50號
電話◎02-27168888
郵撥帳號◎15261516號
皇冠出版社（香港）有限公司
香港銅鑼灣道180號百樂商業中心
19字樓1903室
電話◎2529-1778　傳真◎2527-0904
總 編 輯—許婷婷
責任編輯—黃雅群
行銷企劃—蕭采芹
美術設計—單　宇
著作完成日期—2021年
初版一刷日期—2022年11月
初版三刷日期—2024年3月
法律顧問—王惠光律師

讀者服務傳真專線◎02-27150507
電腦編號◎506142
ISBN◎978-957-33-3949-6
Printed in Taiwan
本書定價◎新台幣320元/港幣107元